# どんな夜でも きっと朝が来る

高橋彩華
*Saika Takahashi*

文芸社

目次

# 第一章　彩華の故郷

## 一　彩華の出生

吸い込まれそうな赤い夕日で染められる雄大な中国大陸。その南部に、彩華（さいか）が生まれ育った湖北省浠水（きすい）県虎山（こざん）大隊があります。虎山という名の由来は、その険しい山なみが虎の猛々しさを思い起こさせるからです。

すぐそばに夕日の光で染められているダム湖があり、小さいボートがところどころに浮かび、波に揺られています。朝に夕に、その大きなダムでは、ホッと一息つく人、両手を思い切り広げて深呼吸する人たちが見受けられます。そうやってリラックスできる場なのです。特に、湖の真正面に落ちる夕日はドラマティックで、言葉を失うほど見る人の心を癒してくれるのです。そこは普段、虎の毛皮のような茶色や黒、黄色といった色合いですが、夕日はあたり一面を真っ赤に染めていきます。まるで巨大な一枚の油絵であり、感動的です。

虎山の山頂には、いろいろなお店や小学校などがあります。山道は険しいため、年寄りは支えられ、幼児は手をつながれて、細心の注意を払って行き来しています。

多くの人々が各方面から集まり、いろいろな文化を交流させながら、毎日平和で満ち足りた、幸福な日々を送っていました。


一九六三年四月十九日、そんな夕暮れの中で、新しい生命が誕生しました。

「おめでとうございます！　女の子ですよ」

助産婦の春香（しゅんか）が愛蘭（あいらん）に声をかけました。

「アー！　よく泣いてくれて良かった」

「体がまん丸な、しかも、とても活発な子ですよ。けどね、未熟児だな、乳をよく吸いきれないかもしれないから、多少苦労するよ」

愛蘭の顔を見ながら、肩を軽く叩きました。

「小さい赤ちゃんね。まぁ、時間をかけて育ててよね。何かあれば、いつでも知らせてね、飛んでくるわよ」

と、笑って言いました。

愛蘭は春香の話を聞いて、びっくりした顔で聞きます。

「ちょっと、見せて。そんなに小さいの？」

と、タオルで包んでいる赤ちゃんを見て、ふっと苦笑しました。

「本当に小さいね、まるで猫みたい」

春香は「そんなことを言わないで。小さく産んで、大きく育てていくのよ」と言いながら、赤や緑などの色が付いている卵を、まず赤ちゃんの頭に転がしたのです。

一九六〇年から一九七〇年にかけて、田舎では自宅で出産するのは当然でした。新しい生命が生まれたとき、「健康でありますように」という願いをこめ、賑やかな色に塗ったゆで卵を、助産婦さんがお祈りの言葉をとなえながら、赤ちゃんの頭から足、各部位で転がすという習慣があったのです。このゆで卵を一カ所転がすごとに、そばにいる人にゆで卵を食べさせます。もちろん、一番に食べさせるのは母。そして、父、赤ちゃんの兄弟、その他親戚という順番です。

春香は「この小さい命が、どうか丈夫に育つように！　頭が良くなるように！」と、愛蘭を励ますようにとなえながら、ゆで卵を赤ちゃんの体のあっちこっちで転がしました。そして、転がし終わった卵をみんなに分けて、みんなも赤ちゃんを見ながら、にっこりと笑い、おいしく食べたのでした。

「今日、確実に生まれるなら、お父さんに休んで、帰ってきてもらいたかったね」

愛蘭が言うと、長男の軍治が返しました。

「お父さんも会社での仕事が忙しいし、いいじゃない。ぼく、赤ちゃんの世話ぐらいするよ、彩麗も遠い県でおばあちゃんの面倒見るのを頑張っているから」

当時、中国の人口はとても多く、子供たち全員が教育を受ける余裕はありませんでした。そのため、ほとんど学校に行かなくても良かったのです。長女の彩麗は小学校も行かなかったし、長男の軍治は、母の愛蘭が臨月に入ってからは、家事を手伝っていました。

数日後、お父さんの世文が帰省しました。

「ただいま帰りました！　どれどれ、小さい赤ちゃんを早く見せておくれ」

荷物も下ろさず、世文は真っすぐに赤ちゃんのところに駆けこみました。

「オレの可愛い娘よ、遅れて、ごめんね！」

と、赤ちゃんをしっかり抱きしめました。

「さて、名前をつけなくちゃね。小さいけど、将来に小さい花でも咲かせるように〝小華〟とつけようか！」

「そうね、そうしましょうか！　今日から、小華と呼びますね」

こうして、世文は我が子を小華と名付けたのです。

世文は小華を抱きながら、愛蘭に話しかけました。

「俺がいない間、お前に全部家事を任せていたから疲れただろう。俺がいるときは、ゆっくりしてね！」

「私は今、産休でゆっくりしてるよ。世文パパこそ、片道だけで自転車で四十分かかるのに、仕事も休む暇もないぐらい忙しいから、里帰りの間だけでもゆっくりして、小華を見ててちょうだいね。また、今度いつ帰れるかもわからないものね」

世文は今の仕事をする前、田舎で農業をしていましたが、来る日も来る日も、雨が一滴も降らない年がありました。田植えをすませた田んぼは、ほとんどにひびが入った状態で、世文は来る日も来る日も悩みました。当時は電気もなかったので、竹や農機具などを使用して、田んぼに水を運んでいたのです。そうした工夫が広く知られることとなり、世文は湖北省浠水県農機工場という大きな会社の技術者としてスカウトされたのです。それからずっと、その農機工場で農機具を設計しています。完成するまで、そして世文自身が納得するまで、昼夜を問わず設計をしていたので、いつも睡眠不足。そのうえ食事も不規則とあって、世文は高血圧となり、会社の近くの十月医院に通院していました。

担当医の潘(ばん)先生はいつも、「李世文師父（師匠）、あなたの仕事が非常にお忙しいのはわかりますが、しかし、人間はもっと健康な身体じゃないとだめですよ。からだは資本です。あなたはまだまだ若いから、今の血圧では注意しないといけませんよ！　いいですか？」

と、いつも警告していました。

だが、世文の仕事は設計だけではありません。工場では、設計図をもとに打ち合わせを重ね、部下たちと新しい機械を完成させるまでに苦戦する日々。しかし、そうやって出来上がった機械を、また納得するまで時間をかけて調整し、再設計して、今度は機械のねじまで自作します。

そうした努力のかいあって次第に、工場の人気が上がり、繁盛していました。

世文は、部下だけでなく、新人まで教える先生となり、さらに忙しい日々を送るようになっていたのです。工場の各部品を作る部屋を巡視し、指導します。昼間は授業、夜は自分の部屋にこもり、薄暗い電灯の下、斜めに固定した大きい白い板の上で、巨大なキャンパスを前に、三角定規を使いながら未完成の部品を設計、それを繰り返す毎日でした。

一方の愛蘭は、いつも元気で人を笑顔にさせていました。毎日、小さい小華に乳を飲ませ、やがて小華は小さいけれど、丈夫な子供となりました。とても健康的な、男の子のような女の子で、枝がない木にも登れるし、どんな虫も素手でつかんで遊ぶほどです。今では想像できませんが、小さい蛇も小華の遊び相手でした。

小華が四歳になった年の十一月二十四日、とても寒い日に妹が生まれました。

世文パパは恵美と名付けました。

恵美が生まれる頃には、田舎もある程度、裕福な暮らしができる状況になっていました。ことに食事は豊かなものとなり、妊娠中も愛蘭はよく働いて、よく食べることができたため、恵美も小太りで生まれました。

しばらくして、恵美が離乳食と母乳の混合となって手がかからなくなったので、村の規則もあって、愛蘭は田んぼの仕事を始めることとなりました。

朝になると、愛蘭はいつも、小華を起こし、「今から、仕事に行くからね。恵美の面倒を頼むね」と、農機具を持って心配そうに出かけます。

しかし、何といっても、たった五歳の幼児のこと。寝ぼけまなこの小華は「はーい!」と返事しながらも、そのまま寝てしまいます。ようやく目が覚めて、愛蘭が準備した離乳食を恵美に食べさせようとしますが、恵美は目が覚めても遊びに夢中になって、幼い小華の言うことを一つも聞きません。小華は仕方なく、自分のご飯を食べるしかありませんでした。そうやって、どうにかこうにか午前中を過ごします。

昼、愛蘭は田んぼの仕事で疲れてはいるものの、やはり我が子が心配で、人より早く帰宅します。

「ただいま、小華! 恵美のお守りをしてくれて、ありがとうね。お昼ご飯にしようね」

今から五十数年前、中国の田舎は、薪で料理をしていたので、火を起こすのは非常に難しく、時間がかかりました。しかし愛蘭は速やかに三人のご飯を作り、ゆっくりと時間かけて食事をしました。昼ご飯のあと、愛蘭は少し横になってから再び仕事に出ます。

この村には、家が六軒ありました。三軒はそれぞれ離れていますが、もう三軒はひと所に固まっていて、大きな共同玄関があります。中には共同部屋があって、世文の三人兄弟の家は、またそれぞれ小さい玄関があります。そして、おじいちゃんが孫の面倒を見ていました。

ただ、上の子がある程度大きくなると、弟妹の面倒を見るのは当たり前で、よっぽどのことでない限り、おじいちゃんを呼ばないという決まりになっています。皆、それぞれ自分の家で、のんびりと過ごし、誰一人怒ることも怒られることもなく、大人たちが帰宅するまでに自由に遊んでいたのでした。

やがて小華は小学校に上がることとなりました。名前を「彩華」と変えました。これから、花のような彩りにあふれた人生を送るようにと、父の世文が改名したのです。

六歳といえば、日本の子供なら、普通〝ピカピカの一年生〟のスタートです（現在の中国の子供でもそうかもしれません）。だけど、一九六〇年から一九七〇年当時の中国では、人口が多く、子供の数も相当なものでした。そのため、子供の教育はおざなりになっていました。

そんな時代に、彩華は虎山大隊の小学校に入学。楽しい毎日を送っていましたが、半年が過ぎたある日、世文が突然帰ってきます。その世文の顔色はいつもと違っていました。

「愛蘭！　弟の世俊の病気がなかなか治らない。入退院を繰り返している状態で、奥さんは二人目の娘がまだ幼少のため、代わりに数人看病しに行ったが、次々と倒れてね。世俊は、今は入院しているのだが、その世話をするために、絶対に誰かがいないといけない」

暗い表情で、早口で愛蘭に言います。

「彩華に小学校をやめて、大冶県に行ってもらわないといけない。世俊は城関第二小学校で教師をしていたから、彩華は世俊を看病しながらそこで勉強したらいい。彩華、悪いが明日にもおじいちゃんと一緒に大冶県に行っておくれ。代わりの人が見つかったら、すぐに彩華を帰らせるから、心配しないで！」

「いやよー！　やっと家から離れて、学校に行ってお友達ができて、楽しいもん」

彩華は小さな声で、口をとがらせ抗議をしました。いつもお父さんが帰ってきたら満面の笑顔で迎えるのですが、今は涙をこぼさんばかりです。

愛蘭の「この子だけでも、まともに学校へ行かせるつもりだったよ」という言葉に、世文はこう返事をします。

「おれの気持ちも同じだよ。けれど、大冶の病院は付き添いがいないと、長く入院させてくれないから」

お父さんが困っている様子に、彩華は幼いなりに考えました。そして「わかった、もういいよ、叔父ちゃんの看病に行くよ」と答えたのです。


次の日、彩華はおじいちゃん、お父さんと一緒に、まずは世文の会社まで行きました。それからおじいちゃんと二人、バスで一時間ほど揺られて、藍湲(らんえん)から船でおよそ数時間、黄石(こうせき)市大冶県城関第二小学校に着きました。その校舎の一つの部屋に、病弱の叔父、世俊がいました。

叔父さんは「よく来てくれたね、彩華、ありがとう!」と小声で言いました。

翌朝、彩華が起きるとおじいちゃんはすでにそばにいません。なぜなら、そのほかの幼い子供たちの面倒を見ないといけなかったからです。

彩華は呆然としました。「たった七歳なのに何ができる?」と不安ばかりです。料理などを用意するのにも、テーブルが高いために手が届きません。そのため、中くらいの椅子を踏み台代わりに使っていました。

一日過ぎ、一カ月が過ぎ……。そして、半年後の春の季節の頃、叔父さんは幾分か動けるようになりました。晴れた日には散歩をしますが、途中で疲れてしまうこともたびたび。そのため、小さい折り畳み椅子と飲用水を常に持っていました。疲れて歩けなくなるたびに、椅子に座って、水分を補給するのです。

検査のため、また薬を出してもらうために病院に通うのですが、調子が良かったら、彩華が付き添って叔父さんと一緒に病院に行き、悪いときは彩華が一人で内服薬だけ受け取りに行きます。それが彩華の仕事でした

でも、子供はやはり子供で、帰り道で道草を食うときもありました。あまりに遅いので、叔父さんの学校の先生が探しに出かけたこともしばしばありました。そんな日は、叔父さんから怒られます。彩華は話し相手もいませんでしたから、夜はいつも泣きながら「明日になったら、きっと良いことがありますように」と思い、いつのまにか寝てしまっていました。

彩華は、「どんな夜でも、明るい朝が来る」と信じていました。新しい朝になると、今日はどんな一日になるだろうと多少期待するのが普通です。でも、この頃の彩華は明るい朝を迎えても、心の奥までは明るく晴れることはなく、気がつけば暗い表情になっていたのでした。

唯一の楽しみは、学校でした。中国の学校は教室のほかに教師たちの住む校舎があって、厨房もあります。世俊叔父さんの病状が良いときには、彩華はどんどん出かけて、別の教師の子供と友達になりました。彼らとは、卓球、かくれんぼ、縄跳び、ゴム跳び……石を使った手品など、いろいろな遊びをしたのです。

叔父さんは叔父さんなりに、絵を描いたり、詩を書いたりしていました。新聞にも雑誌にも、しょっちゅう絵や詩が載っていました。教師として学校の授業もし、そのときには彩華も同年代の小学生と同じように、叔父さんの授業を受けました。

彩華が十歳になった頃、いつも掃除や洗濯、食事の世話をしてくれた付き添いの老教師が退職をしました。彩華にとって試練の日々の始まりです。

大変だったのは食事の支度でした。食堂があったのですが、叔父さんが食堂で食べられない物が多かったのです。彩華は食堂に食べに行きますが、叔父さんの食事は、本人が食べたいというものを彩華が作らなくてはなりません。一回に食べる量はわずかですが、一日四食を作っていました。そのほかに、掃除、洗濯もしましたから、どうにかぎりぎりセーフという感じで毎日を乗り切っていました。

冬のある日、愛蘭が彩華の様子を心配して、衣服を持ってきました。彩華はとても嬉しく、愛蘭と二人、しばらく抱き合っていました。彩華は、あのときの喜び、あの温かい場面の感動を今もたびたび思い出します。

「ごめんなさいね！　世文パパが、どうしても代わりになる人が見つからないから、彩華をこのましばらく置いてくれというの。母さんは必死に彩華を連れて帰るつもりだったけれども、もう少し我慢してね」

困った顔で愛蘭は言いました。

彩華は「もう飽きたよ。彩華も他の子供みたいに自由になりたいよ……」と思いながらも、何も言えずに大泣きするだけでした。

こうして寂しさを耐え忍んでいるうちに、月日が経ち彩華は身長も伸びていきます。テーブルの上で家事をするときの踏み台も、少しずつ低くなってきましたし、目に映る景色も広くなってきました。

しかし、世俊叔父さんの病状はあまり良くならず、授業をする回数も減ってきたのです。ある時期からは、学校の図書室の管理だけをするようになったため、図書室の隣の部屋に移りました。彩華も授業を受けることはほとんどなくなって、図書室の貸し出し管理と叔父の看病をしなければいけなくなったのです。

いつの間にか彩華は十二歳となっていました。世俊叔父さんの病状はますます悪くなり、ずっと入院という状態でした。そして、食事の介助から身体の清拭までしなければならなくなりましたが、十二歳の彩華はとてもその介護はできません。ちょうどその頃、世俊叔父さんの二人の娘も大きくなって、叔母さんも叔父さんの看病ができるようになったので、浠水(きすい)県から黄石(こうせき)に移住に来ました。そして、病院に彩華のかわりに看病に来ていました。

看病から解放されたときの気分は爽快でした。小学校の五年間は世俊叔父さんの看病のために、ほとんど教科書に沿った勉強はできませんでしたが、そうした事情を学校側はわかっていて、彩華のためだけに補習をしてくれたのです。そうして小学校で学ぶ内容をある程度理解して、彩華は中学に進学したのです。

やっと、他の子たちと同じように毎日登校して、同じように授業を受けることができました。そして放課後に、入院している叔父さんの病状を見に行き、洗濯や不足している品物を買いに行くなどのお手伝いしたのでした。

しかしある日突然、世俊叔父さんが帰らぬ人となりました……。

彩華は浠水県に戻り、父の世文と二人で生活することとなりました。中学校も浠水城関中学校に転入しました。

「彩華よ。大冶県での長い看病生活で、寂しい思いさせたね。すまなかったね！　でも、その分、これからちゃんとさせておくれ」と、父は言ってくれました。

たっぷり栄養をつけて、大きくなれるように！　と、毎朝起床して、まず熱い卵スープを一杯飲ませてくれます。それは体の芯まで温かくしてくれました。

実は、彩華は心の底でずっと父を憎んでいました。幼い自分を学校にも行かせず、しかも両親から離れた所へやったと。おかげで五年間も寂しい日々を送ったのですから。なんで、なんで……と。それは言葉にできないくらいの憎しみでした。

しかし、一緒に生活しているうち、次第に温もりを感じるようになったのです。


朝食後、友達と一緒に登校するのは、日本と同じです。違うのは、昼に一度帰ってご飯を食べること。そして、昼寝も含めて二時間ほどの休憩をとったら、午後の授業のために再び登校します。

帰り道では、途中に浠水川と呼ばれる川が二つあります、夕方になると夕日で赤く照らされて、人々を癒してくれます。彩華はいつも友達と賑やかに、道草をして帰ります。

休日に友達が家に遊び来たときに、父の世文はどんなに忙しくても顔を出し、ときどきみんなに質問して、答えられなかった人には罰ゲームをさせました。彩華と数年間一緒にいなかったので、コミュニケーションを取りたかったのでしょうか。

そんな父は高血圧で、たまに彩華と一緒に十月病院を受診し、降圧剤をもらって帰ります。途中で映画を見て、父娘二人で話しながら帰ることもありました。

そうやって一緒に過ごすうちに、彩華にも父のことがいろいろとわかるようになり、尊敬の念も生まれてきました。彩華は将来、設計士を夢見ていましたから、放課後になるとよく父の勤め先に行き、興味津々であれこれ質問したりしていました。ただ、父はいつも忙しいので、彩華のことを弟子たちに頼むことがあり、弟子たちも面倒をよく見てくれました。彩華もお兄ちゃん、お姉ちゃんたちの名前を覚えました。土曜日の夜になると、よく映画や芝居を見に連れて行ってもらったものです。もちろん自家用車などではなく、自転車でのんびりと、でした。

「彩華のお父さん、李師博はとてもいい師博です。厳しいけど、いろいろと覚えるまで、技術が身につくまで、一人一人に熱心に教えてくれますよ。小さいネジ一個にも熱を入れて、納得できるまでさせるよ」

と、一人のお姉ちゃんが言えば、お兄ちゃんも、

「おれ、他のことは何年経っても上達しないけどね、この農機具を作ることに対しては、やはり李師博のおかげでやる気も生まれるし、やり甲斐もありますよ」

そう話しているうちに、映画館に着きました。

帰り道も話が弾みました。ところが、道は平坦なのに、夜だったために暗くて、はっきり見えず、彩華が乗っていた自転車が転倒してしまったのです。彩華は数カ所かすり傷をつけた程度で、たいしたことはなかったのですが、世文は一緒に映画に行ったお姉ちゃん、お兄ちゃんたちに、

「こら！　オレの大事な娘にけがさせて！　仕事で機械の部品を大事に扱うようにいつも言っているのに、娘の面倒には気遣いが足りない！」

と怒ったのでした。

仕事に厳しい父でしたが、彩華にも厳しく接したときもありました。

世俊叔父さんと暮らしていた五年間、彩華は看病のことを考えるとつい暗くなり、いつもどこかビクビクとしていたのです。そのせいで、自然と猫背となってしまい、それがなかなか直りませんでした。世文は、それをとても気にして、いつも「背筋をまっすぐに伸ばすように」と彩華に言っていたのです。

「女の子は、これから体型が変化し成長していく。例えるならば一本の木のようなもので、姿勢が良くないと立派な木にならないし、花もほかの木より咲かないよ……」

そうくどくどと説教しながら、彩華の頭、背中、腰、踵（かかと）を家の柱にぴったりとつけ、よ

しと言うまで立っているように言いつけました。

一緒に歩くときも、彩華が猫背になっていたからと、いきなり後ろから背中を叩いたこともありました。

それから、公私をはっきり区別すること。他人の物を拾ったら警察に届けること。どんなにつまらない物であっても彩華は届けるようにしたため、笑われたこともありました。

このように、いろいろな場面で厳しい父でしたが、結構、冗談を言って彩華を笑わせることもありました。おかげでだんだんに彩華は活発な明るい女の子になり、友達も増えていきます。当然学校の成績もアップして、満足のいく学校生活を送れるようになったのです。

こうして、父娘はやっと穏やかな日々を過ごせるようになったのでした。

夏休みになって、久し振りに田舎に帰りました。彩華としては、愛蘭と妹の恵美の手伝いをしたいという気持ちはあったのですが、彩華は田舎に生まれたものの、ほとんど都会で育ったせいか、なかなかうまくいかず、逆にいつも二人に二度手間をかけさせてばかりでした。

恵美にある日、「姉ちゃんは、色が白くて、田んぼのことをなんにも知らないでいいな！」と言われ、彩華は泣きそうになりました。

「姉ちゃんだって、好きでここから離れたわけじゃなかったよ。都会に何年も暮らしていても、一つも嬉しくなかった。遊びに行ったわけじゃなかったし。私も私なりにいろんな苦労をしたよ」

「そうじゃねぇ。大冶県に行ったときに、お父さんに内緒で彩華を連れて帰りたかったよ。けどね、怒られるのが目に見えていたから。そのうえ、兄弟はお互いに助け合うものとお父さんはいつも言うてたしね」

と、愛蘭が助け舟を出してくれました。

しかし恵美の口は止まりません。

「姉ちゃんが大冶県から帰ったときに、言葉も文化も違って、こちらも大変迷惑。言葉も聞き取れないし、いろいろと家のことを教えてあげても、私より下手。まるで私と違う、どこかのお嬢さん。それは今も変わりないでしょうね」

「そこまで言いなさんな」と、愛蘭が止めに入ります。

恵美からそう言われても、彩華は何も言い返せません。

「明日から、私と一緒に稲刈りに行こうか！」という恵美の誘いに、「わかった、そうするね」と答えるしかありませんでした。

当時、田舎は共産主義の思想が強く、全員が平等に働き、収穫も公平に分け合って暮らしていました。遠い所で行われる大事業などにも、一軒で一人ずつ労働力を提供しなければいけません。そのため、兄の軍治と姉の彩麗は一緒に暮らしていなかったのです。

翌朝、彩華は二人に起こされました。まだまだ眠く、朝ごはんを食べたくなかったのですが、愛蘭は「日中、とても暑くて体力を消耗するから、食べたくなくても、食べていかないといけないよ」と言って食事をすすめてきます。恵美も、「細い体がもっと細くなっていくよ。怖いよ」と脅かしてくるので、彩華は仕方なく、どうにかこうにかして朝食を口に入れます。

外に出ると、びっくりしたことに、まだ夜が明けていませんでした。

稲刈りをする田んぼに出発しましたが、恵美が先頭で、真ん中に愛蘭、そして彩華が最後という順番で歩くことになりました。愛蘭は彩華を産んだとき、近くに大きな蛇が現れ、以来、蛇がこの世で一番怖いものとなってしまったのです。

あんなに幼かった恵美が、今はこんなにたくましくなって……と彩華は、いつも思っていました。

三人で歩きながら、あれやこれやと話しているうちに、空が少しずつ明るくなりました。稲刈りする場所には、もうたくさんの人が集まっています。同級生の新春（しんしゅん）、彩球（さいきゅう）、そしていとこの志高（しだか）、小紅（しょうこ）もいました。

新春が「彩華！　お帰りなさい！　今まで稲刈りなんてやったこともないでしょうから、けがしないように頑張ってね！」と話しかけてきます。「わかった、ありがとう！」と彩華が答えると、今度は彩球が、

「浠水県での生活はもう慣れたかね？　大冶県に五年間も暮らしていたから、多少習慣が違うけど、早く慣れるようにね」と言いました。

「そうね、県が違ったら、食べる物とか方言なども違うね。でも、もうだいぶ浠水県人らしくなってきたよ」

彩華の言葉を聞いて、横からいとこの志高が、

「彩華姉、勉強を頑張っていることは世文叔父からときどき聞いたよ。小学校の授業をほとんど受けてなかったから、追いつくまで大変だったらしいね。でも、これからも頑張ってね！」と言いました。

「あのね、ときどき小紅にも教えてね！」

彩華はいとこと約束します。

「わかった！　時間があったら教えてあげるよ。学校の勉強は頑張って、努力して、いつか自分のものになるけど、この田んぼの仕事はなかなか体力がいるね。彩華はついていけないよ。多分明日になったら、体中が痛くて動けないかもね」

それを聞いて、みんな笑いながら、稲刈りの作業を始めました。

当然、彩華の仕事は遅れがちです。右手で鎌を握って、左手で稲をつかむというごく普通の動作ですが、日頃やり慣れていないせいで、とても皆のスピードに追いつきません。それでもまあ、けがだけはせずに最後までやりとげて、彩華はホッとしました。

「姉ちゃん、よくやった！　少しずつ慣れていくしかないね。今は頭を休めて体を鍛えるようにしようね」

「良かった、稲刈りするときに、慌てて自分の手を切らないかと心配ばかりしていたから」

「姉ちゃんはけがするほど刈ってないからよね」

と、恵美は冗談を言ってきました。

夕方。帰ったとたん、彩華はもう疲れてぐったりしてしまいましたが、愛蘭は休みもせず、夕食を作り始めます。

「恵美、お願い！　火をおこしてくれる？」

恵美は大声で「はい」と返事しながら、台所に入って、手早く火をおこします。彩華もすぐに後ろについて、「姉ちゃんもやってみる」と、薪を燃やそうとするのですが、なかなかうまく火がつきません。

村の共同組合は一段落し、短期休みとなりました。

彩華は久し振りに、恵美と一緒に虎山大隊に買い物に出かけました。家から虎山大隊は徒歩で二十~三十分のところ、この日は結構時間がかかりましたが、それは途中にあった虎山ダムを散歩するなどしていたためです。

ダムを照らす秋の夕日はとてもきれいで、思わず彩華は「ここの風景を一枚素敵な絵にしたらいいね。大冶の世俊叔父さんから絵を描く技術を学べば良かった」と言いました。

「そうよね。絵を描くという、世俊叔父さんの長所を覚えてくれれば良かったのに、短気なところだけ覚えて帰ったよね。恵美がいろいろと教えてあげたのに、姉ちゃんは覚えようとしないで、すぐに怒るものね。でも、一つも気にしていないよ~」

と、恵美は面白い顔をしながら言いました。

しばらくして、再び農作業が始まりました。彩華も農作業を手伝い、愛蘭とは母娘での、恵美とは姉妹での会話をします。

そうやって夏休みは終わり、彩華は県城に戻りました。

中国では、夏休みの終わったあとの九月に入学式となり、学年も上がります。

彩華は小学校とは違って、そう苦労することなく中学は三年間で卒業ができました。

十五歳になると高等学校の入学試験を受けます。浠水県の高等学校は、入学試験の成績の順番で通学する高校を決め、また、その学校内で成績順にクラスを決めます。彩華は県の数十クラスのうちの、六番目クラスの高校生としてスタートしました。

彩華が十六歳、父との生活は四年目となり、ようやく親子の絆、信頼関係も強くなってきました。休みになると一緒に自転車で出かけ、汗をかくと木陰の下で休憩しながら、よく話をしました。

「人はみんな、それぞれなんらかの目的で動いているけれど、何かをする前、一歩前に進むときに、まず『このことを、なぜやるの？　どうすればうまくいくの？』と考える必要がある。でも、そう考えても、進んでいく途中で必ず強い壁にぶつかる。そんなときは胸を張って、深呼吸して、軽く目を閉じてみなさい。それを繰り返していくうちに、どんな嫌なことも、辛いことも乗り越えられていくものだ」

父は、ある日、そう話してくれました。

「彩華！　もし本当に設計士になりたいならば、私は大賛成だし、応援するからね……」

彩華はいつも父の話を真面目に聞いていましたが、この日の話はいつまでも心に残ったのでした。

## 二　愛蘭母　出生の秘密

一九七九年のある日、突然、愛蘭が地元の虎山大隊から新聞を持って帰って、「世文パパ、今まで黙ってごめん！」と小さく震える声で精一杯言いました。

「どうしたの？　そんな青い顔をして、今にも倒れそうだよ」

「申し訳ありません！　私は……台湾人じゃなく……本当は……」

「何があったの？　いったいどうしたの？」

世文は困って、どうしていいかもわからない表情で言いながら、やつれて倒れそうな愛蘭を椅子に座らせました。

「今日はいつもの愛蘭じゃないよ、しっかりしろよ」

と、ただただ心配していました。

しばらく二人とも無言になっていましたが、世文は不思議に思いました。愛蘭は日頃新聞を読まないのに、なぜ新聞を持っているのだろう。

そこで、愛蘭が両手でしっかりつかんでいる新聞を取って、見ると一面に日中友好のニュースが載っています。世文は唖然としました。

結婚してから、かれこれ何十年にもなるのに、なぜ、このニュースを見せるのかと。

結婚当時、愛蘭は確かに天涯孤独の身と言っていました。しかも出身地は台湾と言い続けてきたのです。二度目に家族のことを聞いたときに、愛蘭がとても怒って、しばらく口をきかなくなったのです。以来、そのことについて、世文は何も聞かないことにしたのです。

愛蘭は子供を産んで、よく働いてくれて、今まで十分に幸せだったのに……。

世文は頭を掻きむしりながら考えました。

しかし、現在の幸せを壊したくない世文は、愛蘭が何か言うのを待ち続けます。

長い間、愛蘭は沈黙を続けていましたが、ある日、

「世文パパ、落ち着いて、私の話を聞いてください！　私は台湾生まれじゃなく、はるかな日本生まれなのです。あれは……十五歳のときに日本の学校で起きたこと。中国と日本の戦争があって、当時日本国を守るために政府から命令されて、男子は軍隊などに入隊しなければならなかった。私たち女子は任意意思で連絡部として、中国の黒龍江省へ派遣さ

れたのです」

と、これまでの経緯を世文に打ち明けたのです。

愛蘭たちは黒龍江省に到着後すぐに、銃弾が飛び交う下で仕事をしたそうです。ついさっきまで話していた人々、友達が命を失う毎日に、愛蘭は言葉も失いました。

「だんだんと言葉数も減り、生きる気力もなくしてしまう。だけどね、次々と仕事の命令に従って、どうにか生き残っていたんです。数年して、戦争が終わり、女性や子供たちが先に日本に帰ることになったけれど、移動中に大砲が撃ち込まれて、たくさんの人が命を失った。生き残った人はパニックになって移動の群れもバラバラ。それぞれが自分の命を守るためにあちらこちらに分かれて逃げていき、私も仲間たちと離ればなれになって、迷子になっていた。

空を仰いで『あ〜！　日本に帰りたい！　親や兄弟たちに会いたい！』と思いながら、ひたすら必死に走り、逃げ続けて何日も、何日も……。お腹が空いたら、近くの農家の畑に残った野菜や果物などを拾って食べ、そして気がついたら、南の方にたどり着いていた。

でも、もし日本語を話していたら、逮捕されて死刑になる。それから、必死に生きるために日本語を捨てなければいけない。中国語を覚えて、ここで生きていこうと決心した」

その後、愛蘭が働いていた職場の親切な友達が世文を紹介し、二人は結婚。今日まで、世文は県の工場で忙しく働き、愛蘭も田舎で子育てと仕事で忙しい毎日を送ってきたのです。

「今思えば、時間がとても速く過ぎたね。もし本当に日本人と申し出たら、おそらく今日までの日はなかったでしょうね。このままずっとあなたと幸せに暮らして、本当のことを言うつもりはなかった。

でも、この新聞で、日中の国交が回復し、しかも帰国できるとわかったの。これまでのことを思えば、自分が日本人であるなんて夢みたいだけど、頬をつねってみたら痛かったよ、これ夢じゃない！　現実だ！　四十年経った今、やっと自分が日本人だと実感した。もうなんにも怖くない！　だから、世文パパ、私の話を信じて助けてください。祖国に帰りたい！　帰りたいよ！　お父さん、お母さん、兄弟姉妹に会いたいよ！」

愛蘭が泣きながら嗄（しゃが）れた声で言いました。

世文は突然の話に、びっくりして、しばらく黙っていましたが、

「なるほど、そうだったか！　長い間、秘密にしていて心が大変痛かっただろう。ご苦労やった！　これから、どうやって帰国できるのかを考えて、県に尋ねにいこう」

と、泣き崩れた愛蘭を励ましたのです。

愛蘭は日本での住所を思い出していましたが、言葉はこの四十年間、まったく使っていませんでしたから、どうやって文章を書けばいいのか、どんな言葉を使えばいいのか、思い出せなくなっていたのです。何とか思い出した単語をつなげ、簡単な手紙を一通やっと書いたものの、意味が通じないかもしれません。そこで、彩華があいさつ代わりの手紙を中国語で書き、封筒にはっきりと四十年前の住所を書いて出したのです。

数カ月後のことです。

突然日本から三通の手紙が届きました。しかも、たくさんの写真が入っています。それを見た愛蘭は、びっくりして嬉し涙が止まりませんでした。信じられなくて、何回も自分の頬を強くつねり、「あっ！　痛いから、やはり夢じゃないよ」と、手紙を抱いて、しばらくじっとしていました。

世文も彩華も呆然としましたが、世文はすぐに「愛蘭、おめでとう！　おめでとう！」と叫び、彩華も「本当に良かったね！」と一緒に喜んだのです。

愛蘭は日本からの手紙を離さず、取るものも取りあえず県の政府に行き、これまでの事情を話して、何回も何回も頭を下げて日本への帰国を頼みました。

数日後に担当者が、

「いろいろ資料を見てみましたが、これはとても珍しいケースですね。今調べたところで、北のほうではこのような例がたくさんありましたが、この浠水県では高愛蘭さん、あなただけですね。ちょうど良かったかもしれません。優先的に報告して、一刻も早く帰国の手続きをしてみましょう」

と、笑顔で愛蘭に言いました。

「良かった、ぜひお願いします！」

一方、世文も、愛蘭が長い年数どれだけ故郷を恋しがっていたかがわかり、さっそくあっちこっちの情報を集めてくれました。

数カ月後。再び県の担当者から連絡があり、愛蘭は県の政府に足を運びました。

「日本への帰国が許可されました、おめでとうございます！　でも、戦争からだいぶ年数が経ったので、日本の環境などよくわかりません。最初は少人数で短期間行って、視察して来たほうがいいと思う」

と、担当者は親切にアドバイスしてくれました。

世文と愛蘭、そして妹の恵美が先に日本に行くこととなったのです。

## 三　世文の異変

数カ月後に日本に行くと決まると、普段から忙しい世文は、さらに仕事量が増えてしまいました。昼間は工場で指導し、その上に自分がいない期間の仕事の流れを上司や弟子たちに申し送りします。さらに深夜まで、機械の設計図の作成を急ぐといった具合ですから、次第に生活リズムが乱れ、血圧も不安定となってしまいました。ですが、世文は懸命に仕事のスケジュールをこなしていきました。

ある日の深夜、仕事の仲間と打ち合わせ中に、世文が急に気分が悪くなり、最初は我慢していたものの、しまいに倒れてしまったのです。しかも体の半分が動きません。浠水県人民病院に救急搬送され、脳卒中と診断。そのまま入院となりました。

愛蘭は田舎での仕事を人に頼んで休暇をもらい、世文に付き添いました。

「本当にごめんね。日本に行くまであともう少しなのに、おれの頭のネジがゆるくなって、こんなことになってしまった」

と、世文は愛蘭に何度も謝りながらも、微笑んで冗談を飛ばします。

愛蘭は「いいえ、そんなことより、安静にして、医者の言うことに従って、今は治療に専念して。きっと早く治るよ」と励ましました。

最初は点滴ばかりでしたが、徐々に流動食と点滴を併用した食事となり、二カ月が経つと、ベッドから起き上がって座れるようになりました。半身まひなので、三角巾で手と肩を固定し、かろうじてバランスを維持して、少しずつ長い時間座れるようになっていきました。

「早く体を治して、中国の農機具の設計図を日本に持っていきたい。そして日本の専門機関と交流して、日本で新型の農機具の設計をしたい。それが俺の一番の望みだ」

「そうね、私も日本を離れてもう四十年も経って、今の状況はまったくわからないけど、きっと各方面で発展している。機械の方ももちろん進んでいるから、一日も早く行きたいよ。だから、世文パパ、今は治療に専念して頑張ってね！」

愛蘭が付き添いを始めてからしばらくすると、やっと世文もリハビリの成果が出て、杖で外を散歩できるようになりました。

一方、彩華は世文の入院によって、高校での生活リズムが変わりました。月曜日から土曜日は一人で通学し、日曜日になると、田舎に帰って留守を預かっている恵美の手伝いをしたり、病院に行って愛蘭の代わりに世文の世話をしたりしていたのです。

世文が倒れてから数カ月。脳卒中の後遺症は重く、なかなか思うように治りません。それどころか、再び病状が悪化してしまったのです。当時を振り返ると、医療が発達していた日本にいれば、さまざまな治療方法がありましたから、そんなに苦労しなくても治ったはずだと思います。しかし、当時の中国医療はそんなに進歩していませんでした。

三月八日、彩華は担任の陳先生から「李彩華、病院からお父さまが危篤と電話があった……」と連絡を受けたのです。

彩華は呆然として何も言えず、教室から一気に病院まで走って、走って……ハンカチを落としたのにも気づかず、ただ走っていきました。

しかし、病室にたどり着いたときには、世文は息を引き取ったあとだったのです。

「ワァー！　お父さん！　お父さん！　目を開けてよ。彩華が来たから、目を開けてよ！……せめて、最後の一言いいたかったよ……なんで、うっ！　なんで！　彩華をおいて返事もくれないのよ……まだ十六歳なのに、今からお父さんの言う通り設計士を目指すのに……」

そばにいた愛蘭も、涙をこぼしながら彩華に話しかけます。

「お父さん、もう疲れたから、休ませてあげて……」

「いやよ……お父さんの言う通り高校卒業したら、設計士の学校へ行って、それから、彩華にいろいろと設計図など教えてくれると約束したのよ、なんで、そんなに早く逝ってしまうのよ、うっ……！」

彩華が必死に世文の衣服をつかんで離さず、泣きながら世文を起こそうとしました。お医者さんや看護師たちが説得しても、なかなか彩華は泣き止みません。しまいには両膝を床について、

「どうか！　神様！　世文お父さんを生き返らせてください！　今から、頑張って……やっと彩華のことをお父さんに知ってもらうところだったのよ……これから、どうしたらいいかもわからないよ……お願いだから、生き返らせてください」

と、嗄れた声で拝むのでした。

生前、人々を笑わせるのが得意だった世文をしのび、浠水県農機具会社の人々はたくさん爆竹を鳴らしながら、会社の車で、世文を病院から葬儀会場まで運んでくれましたし、大勢の関係者が参加して盛大な葬式が執り行われました。

最後に遺灰を田舎の虎山大隊の山に埋葬するというとき、彩華は世文の遺灰を抱いて、手放したくないと思いました。埋める穴に一緒に入ろうとさえ考えていました。幼くして父と離れた彩華は、十六歳でやっと父の愛情をもらって幸せになれたのに、これからどうしたらいいのかと、しばらく無気力になってしまいました。

愛蘭も、日本にやっと帰れると喜んだのもつかの間、世文を亡くした悲しみのせいか、左肩がまったく動かなくなったのです。いろいろな病院でさまざまな治療を受けたのですが治りません。

そんなときに世文の会社から、世文の後継者を紹介してくださいと連絡がありました。彩華は世文のような機械の設計士を目指していましたが、まだ高校生です。そこで、兄の軍治を武漢から呼び戻し、農機具会社に入社させました。

愛蘭は体が思うように動かせませんから、これを機に田舎の仕事をやめて、家族皆で会社社宅に引っ越し、新しい生活を始めたのです。

軍治は友達の紹介で、球江と結婚。長女冬子が生まれ、六人家族となって賑やかな毎日を送ることになりました。

彩華もようやく生活のペースを取り戻し、毎朝六時に起床して自己流のマラソンをしてから、一日を始めます。妹の恵美も浠水県城関小学校に編入して、二人で一緒に登校しました。だけど夕方、太陽が沈んでいくのを見るたびに彩華の気持ちも落ち込んで、暗くなっていました。世文が生きていたら、もっと賑やかに一緒に夕食を食べられるのにな……といつも思っていたのです。

彩華が十二歳から十四歳の頃、田舎に帰ると幼なじみの学進兄と遊んだり、映画を見に行ったりと、とても仲良くしていました。学進は音楽が好きて、いつも中国の伝統楽器である二胡を周囲の人々に聞かせてくれました。特に子供たちには大人気でした。

学校が休みとなって虎山大隊に帰ったとき、彩華は学進と虎山の山頂まで出かけたことがありました。一面、緑に囲まれ、湖面にもその風景が映っています。もちろん、虎のような虎山の形も映りこんでいます。でも、そこに映っていたのは猛々しい虎ではなくて、優しい虎。そんな景色の中で、学進と彩華の話は弾みました。

学進は、相手の言葉にきちんと耳を傾け、話を合わせてくれる、とても誠実な青年でした。

「彩華は高校を卒業して、お父さんと同じ設計士の道を選択するの？　それとも、日本語を勉強して留学するの？」

「お父さんの跡はもう兄が継いでいるから、私はもういいの。日本語を少しだけ学習してみたけど、発音とか難し過ぎるし、その上に国も違う。中国は社会主義、日本は資本主義。どうなっているかもまったくわからないから、不安だらけでこわい。日本に留学するのは無理かも」

「ぼくと音楽をしない？　これから何かの役に立つかもしれないよ」

「音楽は嫌いじゃない。でも小学校の最初の音楽授業で、世俊叔父さんから『彩華には音楽の才能がない』と言われて、自然と音楽からは離れていたの。でも、音楽を聴くのはとても好き」

「聴いてくれるなら、とても嬉しいから、これからどんどん聴かせるよ、楽しみにしてね」

「うん、わかった」

そう、彩華はにっこりと言いました。

楽しく有意義な一日はあっという間に過ぎてしまいます。

学進と別れ、彩華は浠水県城に戻りました。

月曜日の放課後に、社宅の近隣に住んでいる友達の載云仙(だいうんせん)から声をかけられました。

「彩華、あのね、私はお父さんみたいなお医者さんになれないけれど、看護師ならなれるかもと思っているのだけれど、どうかな？　今度、人民病院で看護師になるためのオープンキャンパスがある、一緒に行ってみない？」と誘いに来たのです。

でも、彩華は首をたてに振りません。

「お父さんが入院している間、病院に行くたびに、そのにおいがだめだったし、血を見たらきっと失神してしまうよ。だから行かない」

「そんなこと言わないでよ、もう友達になって何年にもなるのに。一緒に泊まったり、映画も芝居もよく行ったりして、彩華を信頼していたのに。お願い！」と、云仙は頭を下げます。

「しょうがないね！　わかった！　じゃあ、一回だけ見学に行こう」

そうして数カ月後、彩華は何十人かの学生と一緒に人民病院のオープンキャンパスに参加しました。その中には親がお医者とか、看護師とか、医療関係者が多く、彩華は、とても話についていくことができません。指導、案内などの話はまったく頭に入らず、ただ、ゆううつな一日でした。

## 四　幼なじみとの出会い

八月の夏休み、彩華と恵美は田舎の親戚の家に遊びに行きました。そこに学進も訪れ、彩華に「本当に日本に行っちゃうの？」と尋ねます。

「中国と日本は、社会の制度が違うから、ずっと日本に居られるかもわからない。だから、今のところは何とも言いきれないよ」

「日本に行って、様子を見て、永住できそうもないときにすぐに知らせて。待っているから……。ぼくは先々、彩華と……」と、学進は恥ずかしそうに言うのです。

彩華は、どう答えればいいのかわからず、黙っていました。そこに恵美が、

「お母さんが言ってたよ。彩華姉が高校卒業したあとに、日本に連れていくって、むこうの親戚もたくさんおるから、きっと大事にしてくれるって」

と割って入りました。

そうやって、三人は緑あふれる山道を散歩しながら、一日を過ごしました。

彩華と恵美が県城に戻ると、愛蘭はすでに日本へ行く荷物を準備しています。

愛蘭は「左手が動かないから、片手で荷物を整理するのに時間がかかる。恵美も準備しなさいね」

もともと、世文、愛蘭、恵美と三人で日本に行く予定でしたが、世文が亡くなり、愛蘭がもう一度、愛蘭と恵美の二人で出国の手続きをし直したのです。

そしてとうとう愛蘭は、幼い恵美と手をつないで日本へ旅立ったのでした。彩華は兄の軍治、その妻の球江と娘の冬子とともに、やせて細くなった愛蘭の後ろ姿を見送りました。

高校二年生になった彩華は、毎日同じ社宅の同級生と登校していましたが、放課後、一

人になると、いつも日本にいる愛蘭と恵美のことを思い出してしまいます。

愛蘭たちが日本に行って数日後に、手紙とたくさんの写真が届きました。写真に写った愛蘭と恵美の二人は、満面の笑顔で、彩華はうらやましく思ったものです。手紙には、愛蘭が治療を受け、左手の疼痛もやわらぎ、徐々に動けるようになったこと。それから、愛蘭の兄弟たちと母親が、嬉し涙を流して歓迎してくれたこと。そして愛蘭と恵美は、親戚の家何軒にも招かれ、生活していること。

恵美はまだ幼いので、親戚の子供たちと遊びながら、日本語も早く上達したといいます。愛蘭も、ゆっくりと日本語を思い出しながら、会話できるようになったと、手紙には書かれていました
一方、中国にいる彩華は、高校生活はあと一年なのに、勉強する気が起こりません。「早く日本へ行きたい」という気持ちでいっぱいです。

そんなときに、田舎の親戚から「学進は解放軍になるために、すぐに北京の軍隊に行かないといけない。彩華ちゃん、早く来て見送ってあげて！」と連絡が入ったのです。

彩華は「はあーい！　わかった！」と言いながら、心の準備もしていないうちに、学進の家に行きました。

学進の家族と彼の友達は皆、二十歳の学進と十八歳の彩華が将来結ばれるようにお祝い

の席をしてくれました。

夜になると、学進のお母さんとお姉さんと彩華の三人は、寝床でいろいろと語り合いました。

学進のお母さんは、

「彩華ちゃん！　高校卒業したら学進と同じ軍隊に入りなさい。そこでお互いに助け合って生活していけば、幸福になると思うよ。湖北省から、北京市までの移動は、国内なのでまだいい方。異国の日本へ行ったら、慣れるまで、それはとても想像できないぐらい苦労するよ」

と言いました。しかし彩華はすぐには答えられません。

「今母がいないから、まだ何にも予定してない……」

学進のお姉さんも、お母さんのあとを引き取り、彩華に話しかけます。

「学進の上には兄二人、姉二人、下に弟がおって、六人兄弟の五番目だし、一番いい時代に育ったから、素直でいい子よ。これから、二人共に心通じ合うならば、結婚して幸福になるよ」

彩華は何も言えないままでした。そうして三人は話しながら、次第に夢の中に入っていったのです。次の日の早朝、学進の壮行会が開かれ、数人と記念写真を撮ったのち、学進は北京へ出発しました。

しばらくしてから、彩華のもとに北京から学進の手紙が届きました
内容は、ラブレターと変わりありません。彩華が内心、学進のことは好きだけれど、そんな愛の告白という内容に驚き、どう返事をすればいいのかもわかりません。そこで、すでに恋人がいる友達の周小恵(しゅうしょうえ)に相談することにしました。

小恵は彩華に「恋人ができて良かったね！　おめでとう！　学進は立派な青年よ。まずは文通で恋愛を始めれば、きっとうまくいくよ」とアドバイスをくれます。

「だけど、手紙の返事をどうやって書けばいいの？」

「そうね！　彩華はいつも女性の友達ばっかりで男の友達がいないから、恋愛の経験もないね。一回目だけ手紙の返事を一緒に書こうね」と、笑いながら小恵は言ってくれました。

「じゃ、お願い」

「こんなの得意よ、すぐに終わるよ」と小恵は、迷わず学進への返事を書いてくれたのです。

徐々に手紙の数も増えて、彩華と学進は、気がついたら愛し合うようになっていました。もし、学進が解放軍に入っていなかったら、二人の関係は違うものとなっていたでしょう。解放軍による軍の人間関係の調査は、とても厳しいものでした。しかし、二人は、湖北省

す。

と北京市という長距離だったにも関わらず、ただ手紙で甘い恋愛関係を紡いでいったので

高校三年生になってからも、彩華の進路は決まりませんでした。各教科の勉強が多くなり、朝早くに登校し、夜遅くまで学校に残らなくてはなりません。そのため彩華は、兄軍治の一家と離れ、学校の学生寮に入ることにしました。

友達の増えた彩華は、土曜日の放課後、友達とよく遊びに出かけたり、映画を見に行ったりしました。遠距離恋愛中の彩華は、女友達とよくおしゃべりをしましたが、ほとんどの同級生は恋人と散歩したり遊んだりしています。

日曜日になると、皆それぞれ自分の家に帰るのですが、彩華は兄夫婦のいる家には帰りませんでした。寂しくて、いつも学進の手紙と愛蘭の手紙を読んで、心を温めていました。

雨や曇り日の夕方になると、涙を流したこともありました。

夜になると、これからのことについて不安でどうしようもなかったのですが、彩華は「どんな夜でも、きっと朝が来る」と自分に言い聞かせ、眠ったのです。

## 五　初恋の別れ

彩華が高校を卒業する頃、愛蘭と恵美が予定より早く帰国となりました。その日、彩華が洗濯をしている最中に帰国の知らせを電話で受け、洗濯も途中にして、二人を迎えに行きました。

びっくりしたのは、とてもやせていた愛蘭の体格が良くなっていたこと。彩華より身長が低かった恵美の背が伸びていたことです。

「お帰りなさい！　早く帰って来て良かった！　会いたかった！」

と言い、愛蘭と恵美に抱きつく彩華。

「日本の生活環境など、良かったよ。住みやすい。だから、一刻も早くみんなを迎えに帰って来た」と愛蘭が言うと、

「日本での生活は別の世界みたい。楽しかった」

と恵美も興奮気味。どことなく、彩華を見る目が以前と違っていました。

「日本のおじちゃん、おばちゃんたちはとても熱心にいろいろと教えてくれて、あっちこっち観光に連れて行ってくれたよ。日本料理も昔と違って、おいしいものがたくさんある

の。一番上の兄、太市おいちゃんから、『早く中国に戻って、みんなが日本に来るように手続きをしなさい』と言われてね、そして、私たち六人の住む家も兄弟たちが建ててくれるから、安心して日本に来なさいと再三話をしてくれた」と愛蘭は嬉しそうでした。

「日本語は、やれば早く覚えるよ」

恵美は簡単そうに言います。

軍治が言いました。

「しばらくのこととしても、日本に行くまで、ここではちょっと狭いね。お母さんと恵美がいない間、仕事は忙しかったけど、会社が不景気で、社宅から民家に引っ越したんだ」

「そうね。ここじゃ住みにくいから、世文パパの古い友達に相談してみましょう」と愛蘭が言いました。


会社へ行き、李社長と会社内の医者である載先生にお話しして、上司たちの許可をもらい、家族六人で社宅に再び引っ越すことになりました。

愛蘭と兄の軍治は、家族全員が日本へ行くためのパスポートなどの手続きを始め、省の武漢市では難しい書類を北京へ送りました。

この頃、彩華は軍治兄の長女、冬子の子守りをしつつ、友達の家によく遊びに行きました。中でも、周小恵の家には一番よく行って、時には食事もさせてもらったのです。

姉の彩麗は、兄より早く結婚して、二人の男の子を育てています。その小宝と小健が生まれるとき、彩華は姉に食事を作ったり、洗濯をしたりして手伝いました。


一九八一年四月十九日。

彩華が十八歳になる頃、政府から家族全員の日本への移住許可が下りました。全員、とてもびっくりして喜びました。

彩華は友達に別れを告げます。親友の周小恵は、家族の一人と言ってもいいほどでしたので名残惜しく、出国直前、戸山（とざん）へ一緒に旅行をしました。戸山の景色はとても有名で、記念写真をたくさん撮りました。

五月の終わり頃に、家族六人で日本に向けて出発しました。浠水県からバスで黄石まで、黄石から船で長江の下流へ。そして、南京を経由して、上海に到着しました。

上海の港にある東風飯店（ホテル）に泊まり、みんなは数日間の上海観光を楽しもうと予定していたのですが、彩華は落ち込んでいて、一人ホテルで留守番をしていました。

本来なら北京から出国予定でしたが、愛蘭が家を出る直前に、ルートを変えたのです。彩華が学進と文通していたこと、しかも二人が恋人同士だと知ったからです。もし北京に行ったら、彩華が学進と会い、日本に行きたくないと言い出したり、学進の居場所へ逃げ出すかもしれないと不安だったからです。北京に行けると思っていた彩華は、久し振りに学進と会えることを期待していました。その日がとても待ち遠しかったのです。ですから、家を出る前日に母から次のように言われたときは、驚きました。

「彩華、よく聞いて。明日は上海に向かい、そこから日本へ行きます」

軍治も言い添えました。

「母さんのこと、怒らないで。彩華のためを思ったんだ。もしお前が北京に着いたとたん学進と会って、日本へ行くのをやめて中国に残ったら、先々どんなことがあるかもわからないし、大変なことになるのかもしれないから。そう思って計画したんだ」

愛蘭もきっぱりと言いました。

「明日、北京じゃなくて、上海に行くよ。事前に説明したくなかったの」

自分だけ知らされなかった彩華は衝撃を受けました。

「もう！　怒るのは当然でしょ。信じられない！　私の気持ち、わかってくれないなら放っといて！」

と別の部屋へ駆け込みました。学進と、ずっと手紙で励まし合い、愛情が感じられる文通をしてきたことは、みんなわかっていたはずなのに。どれだけ会いたかったか……と自然に悔し涙が出ました。しばらくは、愛蘭と口をききたくないと思うのでした。

愛蘭、軍治、球江、恵美、冬子は予定通り、観光旅行へ出かけました。彩華は一人ぼっちでホテルにこもります。学進がいる部隊に電話してみましたが、なかなか通じませんでした。やっと一回だけつながり、今までの出来事を全部打ち明けたのです。

彩華は愛蘭を恨みに思い、人生最初の恋愛で、こんなに遠く離れなければいけないのかと思うと、涙が出てくるのでした。

そんな彩華を元気づけるように、学進は、「先々、ぼくが日本へ行くときには、家に招待してくださいね」と明るく言ったのです。


一方、愛蘭たちは、出かけた先で見た陶器を気にしていました。愛蘭が、「これはとても珍しい物だからお土産にしたい。日本へ持っていけるかね?」と聞き、軍治が「おそらく、だめと思うよ」と答えたものの、諦めきれず、半信半疑で出国管理センターに持っていったのです。結局、荷物検査のときに、その陶器はとても貴重な骨董品(こっとうひん)ということで、没収されたのでした。

# 第二章　異国の苦労の日々

## 一　異国の日本へ

一九八一（昭和五十六年）年七月二日、午後一時二十五分に上海空港より出発、長崎空港に到着しました。彩華は空港に着くと、「ワァー！　日本の空だ、日本の土地だ」と言いながら、両目を大きく開けて、青く晴れた空ばかりを見て走ったのです。すると、バンと何かに頭をぶつけてびっくりし、座り込んでしまいました。一面の大きなガラスが目に入っていなかったのです。

周囲の人々に笑われました。あまりの衝撃で、額がみるみる赤く腫れてきました。知らないおじさんが手を差し伸べ、引っ張ってくれたので立ち上がることができました。おじさんは、「気をつけてね！」といったしぐさをして、笑って立ち去りました。

彩華は、「ああ、国が違う。空気も違う。異国だ！」と実感したのでした。

愛蘭は空を見上げ、合掌して言いました。

「私は十五歳で、日中戦争のために祖国日本から中国へ行って、言葉では言えないぐらい苦労した。戦争は残酷だ。今、日中友好がかなって、祖国の大地を踏み、やっと一家を連れて帰ることができた。こんなに嬉しいことはない。これから、ずっと平和でありますように！」

愛蘭の兄弟たちが大きいワゴン車数台で迎えに来ていました。車内では、愛蘭と愛蘭の一番上の姉、久子が楽しそうに話しています。彩華は会話をまったく聞きとれないけれど、みんなの満面の笑みを見て、とても感動したのを覚えています。

長崎空港から数時間で、愛蘭のふるさと、福岡県築上郡に到着しました。愛蘭の兄、太市が、ある家にみんなを招き入れました。

「この家は兄弟たちと話し合いして、みんなの力で造ったんだ。これから自分の家と思って、安心して永住しなさい。なんたって国が違うから、いろいろな所で、いろいろなことでわからないことがあるだろうけれど、少しずつ慣れていくんだよ」

「私はもう仕事していないから、みなさんがある程度慣れるまで毎日手伝いに来るけね、応援するよ。きっと大丈夫よ」と言ってくれたのは、久子伯母です。

翌日、家族みんなは、日本の空気を胸いっぱい吸い込みながら、家の周りを見て回りました。みんな、愉快な気分で、話が弾みました。

家に帰ると、久子伯母が「さっき、掃除機で全部掃除したけどな~、なんで砂やゴミがあるのかね?」と独り言を言っています。

愛蘭が、「姉さん、どうしたの?」と二人で各部屋を見て回り、気づいたのです。

中国では靴をはいたまま家の中で過ごします。寝るときに靴を脱いで、ベッドに入る習慣だったのです。日本では玄関で靴を脱ぎ、そのままかスリッパに履き替えることを、愛蘭と恵美はすでに慣れていたものの、ほかの家族は知らなかったのです。彩華も靴のまま、家に入っていました。

日本に到着して三日目のことです。彩華は急に腹痛がして、近所の古賀医院を受診しました。検査をしましたが異常はありません。でも、あまりに痛みが強かったので、様子を見るために一応入院ということになりました。

## 二　例外の学校生活

退院すると、日本語を学ぶために恵美と一緒に小山田小学校へ。彩華は六年生に編入しました。

一日目の朝礼では、全校の生徒の前に立って、稲田校長先生から紹介されました。恵美は簡単な日本語であいさつしたけれど、彩華はできません。不安だったけれど微笑んで、頭を下げるのが精いっぱいでした。

帰国時に、「長崎空港で中国残留孤児が帰国した」とテレビで放映され、「十九歳と十五歳の姉妹が特例で小学校に入る」と新聞に載ったせいか、あっという間に一家は地域のたくさんの人に知られることとなりました。学校の行き帰りの道で、知らない人々が温かい笑顔を見せ、声を掛けてくれるようになったのです。

恵美は六年生の生徒と同じ授業を受けましたが、彩華は「あいうえお」から始めなくてはなりません。特別に先生方が個人レッスンをしてくれました。そのときに日本の習慣も学べるようにと、初日から正座をさせられました。彩華はびっくり。中国では、よほど悪いことをしないと正座をさせられることはなかったからです。

勉強をしているとき、突然彩華の目から涙がこぼれました。先生の発声についていけないこと以上に、足がしびれ、痛かったのです。

「あの……あの……」

「どうしましたか?」

「我的脚好痛！（私の足がとても痛い！）」

彩華が足を指さしたので気づいた先生は、「痛い？」と繰り返し、彩華に「痛い」という単語を教えてくれました。

物の名前を覚えるために、教室内のあらゆる物を繰り返し言うのも、授業の一部でした。体育の授業だけは別です。他の生徒とはお互いに言葉は通じないけれど、笑顔や表情、しぐさで気持ちを伝え合いました。唯一、楽しい授業です。何も考えず体を動かして、ストレスも解消できました。

毎朝、近所の一年生から六年生までが集合して、一緒に登校します。一列に並ぶとき、班長が「きをつけ」と言います。彩華はいつも（なんで今日もあの子の名前を叫んだの？隣の男の子の名前じゃない？）と思っていました。そして、学校の体育の授業でも、生徒を一列に並べるときに先生が「きをつけ」「やすめ」と言います。あの子がいないのに、なぜ呼んでるのかな？　とずっと不思議でした。

ある日の放課後、恵美と話していて、そのわけがわかりました。

「恵美、隣の子の名前は？」

「洋介よ」

「あっ！　なるほどね。今までずっと『きをつけ』と『ようすけ』の発音が区別できなかったから、いつも『ようすけ』を呼んでいる、よっぽど悪い子なんだと思ってたよ。これでわかった」

「日本語の発音って難しいよ。結構似たり寄ったりだし、理解しないと、みんな同じに聞こえるよね。同じ字でも、発音が違ってたら意味が違うの。例えば、橋と、ご飯食べるときの箸は抑揚が違うけど、ひらがなは同じだよ」

「中国の発音も難しいものがあるね。媽（お母さん）、麻（あさ）、馬（馬）、罵（ののしる）は全部 ma（マア）で声調が違う。別の国の人は、なかなかわからないだろうね。

　恵美は小学校で勉強して、中学校、高校と進学し、そして、なりたい仕事に就ける専門学校を受験したらいいよね。姉ちゃんはもう二十歳になるから、もっとスピードを上げて日常会話を勉強したい！　一日も早く社会人になって、自分のやりたいことを学んで、仕事をしなくちゃね」

　恵美は笑顔で答えました。

「そうね。お互いに頑張って、自分がなりたい道を探そうね！」

　彩華は父のことを話しだしました。

「世文パパが設計士だったから、やっぱり私の第一希望は設計士かな。数年間もずっとパパの背中を見てたよ。あの大きな設計台の上に、大きな三角定規、長い定規、コンパス……いろんな農機具を設計していた。家にいるときや休み時間より、設計をしている時間のほうが長かった。あのとき、パパにしてあげることもなくて、ただ、パパの作業服を洗ってたよ。作業服は厚くて硬くて、いつもブラシで手洗いした。パパはとても厳しかったけど、優しさもいっぱいだった……。今思えば、高校生になっても、パパは膝の上に私を載せ、抱っこしてくれた。友達が遊びに来たときには、忙しいのに一緒に遊んでくれた。そのときの笑顔は、今もはっきり覚えているよ。いつもパパが心の中にいるの。偉大なパパ！　だから、パパみたいな立派な設計士になりたいなと思っているの」

小山田小学校に編入して数カ月経ったある日、彩華は体調不良で、再び古賀医院に検査入院することになりました。

日本語は少し覚えたものの、入院生活は一人ぼっちで苦痛でした。言葉はわからない、病院の食事も食べ慣れない。とにかく、慣れない環境の中で、気分もすぐれません。いつも窓の外へ眺め、（自由に歩いている人はうらやましい。私も自由になりたい。車を運転している人は格好いいな。私も早く免許を取りたい！）……と悔しさを噛みしめていました。

夕方から体の痛みが激しくなり、痛み止めの薬を飲んでも、効果があまりありません。夜になると、「どんな夜でも、きっと朝が来る」と願い続けるばかりでした。

朝、看護師が体温測定などで病室に入ってきます。その物音で彩華はようやく目覚めました。

「今、なんでここにいないといけないのか！　この世の中で、誰かに役に立つことがあれば、したい。人のために何かできたら、自分も元気になれるんじゃないか」と思うのでした。そして、目の前が少しずつ、明るくなってきたような気がする彩華でした。


退院し、再び、近所の友達と一緒に通学しているうちに、小学校の卒業時期が近づきました。担任の小林先生がみんなの前で、「卒業する前に母校に残すために何かを作品づくりをしましょう。みんなと共同作業するのもこれで最後になります」と言ったとたんに、生徒たちは声を上げました。

「今までで、いちばんの思い出を作りたい」

「友情とか、楽しかったと思えるものを作りたいな」

「今までないものを作ってみたい」

「そうそう、彩華と恵美がクラスに来てから、教室にいつも笑い声が響いていた。中国語

を教えてもらったことは楽しかった。真ん中に先生、左右に彩華、恵美の像を作ってみたらどうでしょうか？」という声が上がり、

「賛成！　賛成！」とみんなが手を上げました。

先生が「彩華さん、何か意見がありますか？」と聞きました。

「みんなと一緒に、泣いたり、笑ったりして、とても忘れられない数カ月でした。言葉が通じなくてもみなさんの温かい心が伝わって、毎日、毎日早く日本語を勉強して会話できるように頑張っていこうと決心しました。だから、友情の像を作ることに賛成します」と答える彩華でした。

雪が降る二月に、六年生のみんなと一緒に、校門の右内側に記念の像を作りました。わいわいと賑やかに作ったことは、本当に良い思い出です。三月の卒業式の様子は新聞にも掲載されました。

最後の日、校門を出るときに彩華は言いました。

「稲田校長先生はじめ、担任の先生、他の先生たち、給食のおばちゃんたち、みなさん、本当にありがとうございました！　慣れない日本での小学校生活は、私にこれから頑張る力をくださいました。落ち込んだときには、みなさんの笑顔を思い出して、頑張っていき

ます」と。

桜花満開の四月。普通、小学校を卒業したなら、当然喜んで中学校に進学するはずです。しかし、十九歳の彩華は心がとても重かったのです。誰も、この年齢で、好きで中学校に入学したいとは思わないでしょうから。

彩華は母や家族に心配させたくなくて、自分の気持ちを隠し、恵美と中学校に進学、同じ組となりました。家から少し離れた中学校だったので、毎日自転車で通学しました。

築城中学校は小学校と違って生徒の数が多かったのですが、授業の合間を縫って先生が時間をつくってくれ、日本語を教えてもらえました。教室で言うことを聞かない生徒に怒った顔が怖い先生でも、日本語を教えるときには忍耐強く接してくれ、優しい笑顔で対応してくれました。

最初に制服を着たときは、中学校生活に興味津々でしたが、だんだん友達との年齢差とか、言葉の壁で、彩華は学校へ行きたくない日もありました。

家から学校までのおよそ十五分間、彩華は恵美と話すのが憩いのひとときでした。

「なんか最近、顔の表情が変わってきたけど、姉ちゃん、中学校を嫌がっているようにしか見えないよ、大丈夫？」

「うん……。恵美はみんなと年齢はほぼ同じ、授業してても遊ぶにしてもそれほど差がないけど、姉ちゃんはみんなと一緒じゃないから、日本語を学ぶ気も進まないよ。このままじゃ時間の無駄かもね」

「仲がいい友達ができたら、もう少し楽しい会話できるんじゃない？　そして日本語ももっと上手にしゃべれるようになるよ」

「恵美、ありがとうね。恵美だけは姉ちゃんの気持ちをわかってくれるから嬉しいよ。もう少し頑張ってみようかな」

「そうよ。頑張っているうちに、きっとパパみたいな設計士にふさわしい学校に入れるよ」

「そうだね。今、一番は日本語の勉強、二番は設計士になるための勉強をしたいな。だけど、今の学校の環境で見つけれられるかな」

不安と期待を行ったり来たりする状態だったのです。

夏休みとなった八月のある日、太市伯父が家に来て言いました。

「慣れない日本の生活で疲れるだろう。今日は天気もいいし、遊びに行こう！」

愛蘭は喜びました。

「兄さん、ありがとう！　子供たちはそれぞれ頑張っているけど、まだ慣れないから落ち込んでいるの。ちょうど良かった。気分転換でどこかに行きたいから、お願いします」

そして、軍治、球江、冬子も一緒に、みんなで太市の車で出かけました。大分の安心院ではスッポンを初めて食べました。別府の温泉に入ったあとに温泉玉子を食べ、帰り道では豊前の畑冷泉も体験しました。一日があっという間に過ぎ、おおいに気分転換となりました。

十月には、築城基地での航空祭に行きました。飛行機について初めて知って、びっくりしたことがたくさんありました。

秋になると、彩華は思い切り大きな日中辞典と中日辞典を買ってもらって、日本語の勉強に拍車をかけました。学校から帰ると、すぐに猛ダッシュで勉強に取りかかりました。迷いながらの日々でしたが、次第に登校したいという気分が戻ってきました。

いろいろと悩んでいるうちに、彩華はまた腹痛を起こし、関節が痛くなったために苅田町にある総合病院に検査入院となりました。最初は検査をたくさんして、一日がすぐに過ぎましたが、徐々に病院での一日が長く感じるようになりました。そして、二冊の大きな辞典を使って、医師や看護師、看護助手などとの会話の中で、わからない言葉を調べ、夜になると辞典を枕として眠りにつきました。

今まで二回入院していたので、病院の環境には少し慣れていましたが、食事はなかなか慣れませんでした。配膳してくれる看護助手は、いつも声を掛けてくれます。でも、食べる気がせず、しまいに食事に目をやる気もなくなりました。時間が経てば、手をつけてなくても下膳されます。最初は毎回、優しく声をかけてくれた人も、日が経つと冷たい態度になったように感じました。医師たちの回診もそっけない印象です。彩華のベッドに回って来ても、何も言わずに通り過ぎます。母が面会に来たときにムンテラ（病状説明）しかされませんでした。病気がハッキリしなかったからでしょうか。

ある日のこと、看護助士の林田礼子さんが言いました。

「高橋さん、こんにちは。食べ慣れないかもしれないけどね、一口でもいいから食べてみて、おいしいよ。何も食べなかったら、元気も出ないよ」

彩華は、「こんにちは」と言いながら、ちょっと礼子を見て、この人は見たことがないな、いつもの下膳する方と違って、なんか親しみを感じると思いましたが、何も話せませんでした。

「食べたくないなら、いいわよ。じゃ、食べたいときに食べてね」

彩華は小声で「はい」と言ってみました。すると、礼子は笑いました。

「あっ！　しゃべった！」

彩華が、「ありがとう」と言うと、さらに優しく励まします。

「これから、何かがあったら、気楽に言うてね！　頑張ってね」

ずっと心を閉じたままだった彩華でしたが、礼子と少し会話してから、穏やかな心持ちになってきたのです。

礼子とときどき会って会話しているうちに、少しずつ病院の食事を食べられるようになりました。そして、ずっと抱いていた世文パパのような設計士を目指す気持ちも少しずつ変わってきました。

自分の不調は、日本の水と合わないだけ。検査で異常がなかったら、病院にいる意味がない、自分の体を自分の力で知りたいと思うようになったのです。設計士になるというのをやめて、日本語の壁のせいで医師になるのが無理なら、看護師ならきっと……と強く決心して、愛蘭に打ち明けました。愛蘭は心配そうに答えました。

「今の彩華は、病気を治すことに専念してね。何になりたいというのは、退院してからの話よ」

しかし、病院の詳しい検査は時間がかかり、愛蘭は家のことで忙しく、面会もたびたびは来られませんでした。

「よし、こうなったら、自力で病院から出るしかない。逃げ出す！」と彩華は思いついたのです。けれど、普段着を持って来てませんでした。

それにかまわず、二つの大きな辞典と勉強用具を持って、病棟のスタッフが少ない時間のすきを狙い、病室から出ました。やっと病院の玄関まで着いたところで、院長先生に遭遇してしまったのです。彩華はびっくりして言葉も出ませんでした。病院から愛蘭に連絡が行きました。到着した母は、顔をしかめて小言を言います。

「彩華！　なぜ何も言わずに病院から逃げ出そうとするの？　どれだけみんなに心配をかけたと思っているの？　母さんも家のことでとても忙しいのよ」

しばらくの沈黙のあと、彩華は訴えました。

「ここに入院してから、いろいろ様子を見て、いろいろなことを考えて、今までの設計士になりたいのをやめて、体とか病気とかを知りたいから、看護師になりたい！」

「日本語もまともに言えないのに、どうやって看護師になれるの？」

「でも、やってみないとわからないよ。とにかく、病院での仕事をしたい、母さんみたいにお国の役に立つ仕事はできないけど人に役に立つ仕事や人のためにできる仕事ならしたい！　そのうちに自分の体もわかってくると思うの。入院している間に、ずっとそう思っていた。何があってもそうしたい！」

「彩華の気持ちが強いなら、反対はしないよ。だけど、とても難しいことよ」

「看護学校に行って、まず様子を見たいの」

「じゃあ、先生に相談して、退院させてもらおうね」

「謝々(シェイシェイ)！（ありがとう）」

愛蘭は病院の先生方にあいさつして、迷いながら、彩華を連れて退院しました。電車で築城駅まで行ってから、本来ならバスで帰るところでしたが、急に退院して入院費を払ったあとに、愛蘭もお金の余裕がなかったために二人で歩き始めました。途中でお腹が空いて、からあげ太公で小銭で数個買って、食べながら、あれやこれや親子水いらずで話をし、家に帰り着きました。


退院後しばらくした頃、愛蘭は築城中学校に行き、彩華の考えと強い要望を校長先生と担任先生に相談しました。その場には彩華も一緒でした。

担任の土屋先生は、応援しながらも忠告しました。

「クラスメイトと年の差があり、しかも中国で中学校も卒業していたとのことですから、今の彩華の気持ちはわからないことはないよ。看護師の夢は、とても立派なすばらしいものですよ。けれど、今の日本語のレベルでは、かなり難しいでしょう。日本に生まれた人さえ難関ですよ」

「どんなに難しいことでも、勉強してみないとわからないと思います」と彩華。

「先生、この子は今の意志が強くて、一度言い出したら、別の意見は聞き入ません。ご心配はありがたいですが、彩華の言う通りにさせたいと思います」

その母の言葉に、彩華は笑顔で力強く言いました。

「母さん、ありがとう！　チャレンジしてみる」

## 三　看護学校の難関

中学校の先生方と面談したあとに、二人は築城役場の中国帰国者担当に相談しに行きました。

そして一九八二年九月、中学校担任の土屋先生、帰国者担当の方、愛蘭と彩華は行橋市にある行橋看護学校に行きました。

一回目の面接は、「彩華の今の日本語レベルは授業についていけず不可能」とのことでした。しかし、二次面接が予定されたのです。数週間後、英語の教師も入れた二次面接がありました。英語の本を読み上げ、英語で会話しました。

翌月、別の入学志願者と同じように入学試験を受けました。感想文だけは全部中国語で書きました。

十一月の上旬に合格通知が届き、彩華は喜び、飛び跳ねました。

「受かって良かったね！　恭喜（コンシ）！　恭喜（コンシ）！（おめでとう、おめでとう）」と笑顔いっぱいの愛蘭。

「太好了（タイハウラ）！　太好了！（良かった、良かった）」

「これで一安心ね」

「うん、あとは自分の力をふりしぼって勉強するよ！」

恵美は、ちょっとだけ寂しそう。

「えっ、マジ？　今まで二人で自転車通学するのが楽しかったよ。これから寂しくなるね。担任の土屋先生も友達もきっと寂しく思うと思う。けど、姉ちゃんはやっと自分の道を見つけたから、加油吧（ジャヨウバ）！（頑張ってね）」

「そりゃよかったね。ぼくは何にもできないけど、引っ越しは手伝うよ」と軍治。

「姉ちゃん、私はもっと何にもできないけど、応援するよ」と二人目を身ごもっている球江。

一九八三年から、看護学校に通学しながら、新田原聖母病院に勤務することになり、同じ病院の学生三人で学生寮に住むようになりました。最初は三人部屋で、さまざまなものが共用です。彩華は、家族と離れ、一人での生活を始めました。

初日のお風呂では、山口さんと一緒に入って、洗い方などを教えてもらいました。中国では、まず頭を洗ったあとに、石けんをタオルに付けて体をこすり、そのまま、浴槽のきれいなお湯で流します。ここでは、まず浴槽にお湯をためて、冬季ならば、まず浴槽に少し入って体を温めてから出て、髪から始めて体を洗って流してから、もう一度浴槽に入って体を温めます。各自、好きな時間だけ使って終わるのに、彩華は少し戸惑いました。でも、同室の山口さんと森さんが言ってくれたのです。

「そうね、国が違って、習慣も違うから、これからわからないときにはいつでも聞いてね」

「卒業するまで、三人で仲良くしようね。いろいろ教えるよ」

彩華は初日から優しく対応してもらえ、二人ともに昔から知り合っていたかのように感じたほどでした。

「そう言ってくれたら、とても嬉しい。请多关照（チンドゥォグアンヂャオ）！（よろしくお願いします）。頑張って一緒に卒業したい！」と彩華は安心できたのでした。

学生寮に入ってしばらく三人部屋でしたが、みんなと一緒に看護師の勉強するのとは別に、日本語の勉強もあるので、自分だけの時間が欲しくなり、一人部屋にしてもらいました。

毎朝六時に起床し、朝食は各自準備して食べ、一緒に病院へ出勤します。看護学生は卒業するまで午前中はずっと病棟で勤務します。仕事内容は、曜日によって違います。「風呂の日」はまず、半身マヒ患者の介助をし、洗髪や背を洗い流します。次は独歩不可能な患者を車椅子に移乗して、シャワー浴を全介助します。そして、ベッド上で動けない患者の場合は、ストレッチャーに乗せて浴室へ。スタッフ二人で体を洗ったあとに、血行促進のために大きな浴槽にストレッチャーごとつけて気泡浴を十分間。入浴介助の仕方は、患者さんによって違うけど、みんなそれぞれ終わったあとに、「あ～！　気持ちよかった。ありがとう」と言うので、とても嬉しく思いました。その笑顔を見て、「あ～！　人に役に立つ仕事を思い切ってして良かったな」と彩華は思い、疲れもふっ飛ぶようでした。

昼食は病院の食堂で学生食を食べます。三人で一緒に食べながら、午前中の仕事内容を話し、意見交換をしました。それから、三人で白衣から学生服に着替え、病院から新田原駐在所前バス停まで歩き、バスに乗って国道十号線をまっすぐ行きます。新地バス停で降り、近くの行橋看護学校で授業を受けるのです。

看護の専門的な授業は、かなり難しいものでした。授業中に両耳を立てて教師の講義を一生懸命に聞いても、日本語が聞き取れず、その上に看護の専門用語はもっとわかりません。黒板の内容を写すものの、ついていけない授業のあとに、いつも隣の友達のノートを借りて、急いで写すという具合です。休憩時間が足りなくて、次の授業の前に猛ダッシュでトイレをすませる……と慌ただしい毎日なので、同じクラスでも、誰が誰やらわからないという状態だったのです。

ある日、突然、クラスメイトから声をかけられました。

「そういえば、苅田総合病院から逃げ出してから、体調はどうでしたか？」

「えっ？　なんで私のこと、知ってるの？」

「ほら、あのとき、病室にいつも一人ぼっちで、ベッドの上に本や辞典を広げて、おとなしくて、ご飯もあまり食べれなかったから、病院ではみんなが知っていたよ。みんながあなたのことをかわいそうと思ってたけど、日本語を言っても意味が通じないから、誰も声をかけにくかったよ。私、声をかけて、少し話したよ」

彩華は、思い出しました。林田礼子という看護助士でした。

「あ〜、覚えてるよ！　寂しい中でたった一人、同じ年ぐらいの看護助士が優しく声をかけてくれたこと。少しずつ元気出たよ。あなたはあのときにお世話になった方。ありがとうございました！　偶然、同じ看護学校に入ったのね。ご縁があるのかな。うれしい！うれしい、ぜひよろしくお願いします」

あまりにうれしく涙が出ました。そして、心が強くなって、自信もわいてきたのです。

「卒業するまで一緒に頑張ろうね！　礼子と呼んでいいよ」

もう何にも怖くない、また、友達が増えたことは幸せなことと彩華は感じました。

「礼子、ありがとう！」

「もう今日から、仲間よ」

夕方の仕事を終わると学生寮に帰って、各自夕食をとります。

森さんと山口さんは同じ部屋で、話し声がよく聞こえました。彩華も一緒におしゃべりしたかったけど、昼間の授業の内容は書き写しただけて、意味がまだまったくわからないから、まず中国語に訳して勉強します。

静かな夜中に気合いを入れないと、睡魔がおそってきます。

彩華の一人部屋にはちゃんとベッドがあるけど、ベッドで寝る間も惜しく、気がついたら、学生寮の隣で飼われているニワトリが鳴き、ようやくそのまま横になって爆睡という日々。

リン……リン……リン……毎朝六時にアラームが鳴ったら起きます。

彩華は、「あー！　明るい朝が来た」と言いながら、背伸びして、新しい一日を始めます。

しばらくして、彩華の体は少し調子が悪くなり、口内炎ができ、食事をまともに食べられなくなりました。マリア院長が親切に対応してくれて、直接厨房に依頼し、口内炎が治るまでお粥食を食べました。そして、院長は何かと気にかけてくれたのです。

「彩華さん、今日は大丈夫？」

「お粥は食べやすかったです。おかげさまで、大丈夫になりました」

「治って良かったね。彩華さんは、ほかの看護学生と違って、言葉の面も特訓しないといけないから大変だけど、体調気をつけて頑張ってね！」

「ありがとうございます！　頑張ります」

彩華は、母のように優しいマリア院長に会えて良かったと思いました。そして思い切って家を出て、働きながら看護学校に行けて本当に良かったと思い、少し自信つけ始めていました。

しかし、毎日必ず、学校の授業内容を中国語に訳してから勉強することが、本当に大変でした。言葉の意味を理解するまで大きな辞典で探して、探して……と勉強しているうちに、いつも涙が自然に流れているのです。

（あー、やっぱり日本語は難しいよ。看護の勉強はもっと難しいよ。この心境、誰かわかってくれますか？）と壁や天井に向かって独り言を言い続けたのです。

そのとき、二人の顔が浮かんできます。

世文パパがいつも、「何かを決心する前に、このことをなぜやらないといけないのか、どうやってうまくできるか考えろ。世の中でできないことはない。頑張り次第だ」と言っていたときの顔。そして、格好いい学進が「彩華は根性あるから、頑張れ！」と言ってくれた優しい顔。（そうやー！　一度看護師になりたいと決心した以上、努力しなくちゃー！日本人は頑張りやが多い。私なら二倍も三倍も頑張らないとね！）

加油（ジャヨウ）！　加油！　加油！（頑張ろう、頑張ろう、頑張ろう）と心に決めたのです。

瞬く間に日が過ぎ、一九八三年十月十九日に基礎看護課程を終え、看護師みんなが憧れの戴帽式を迎え、白帽をいただき、白衣を着替えました。ろうそくをつけて、「ナイチンゲール誓詞」を唱和し、看護師への第一歩を踏み出しました。

彩華がまだ日本の国籍になってないことが知られ、外国籍の人が初めて看護学校を卒業するということで記者に取材され、数社の新聞に戴帽式の記事が載り、テレビの夕方のニュース番組にも取り上げられました。でも、彩華の部屋にはテレビも新聞もないので、まったく知らないままでした。

戴帽式を終わると、学校の成績と各方面の審査の結果、合格であれば、二年生に進級します。行橋市内と市外の病院に実習に行くことになります。交通手段がない場合、自家用車で行くために、一年生時に自動車免許を取得しないといけません。

十月の下旬から、仲良し三人で病院の仕事をそれぞれ分担し、豊前自動車学校の夜間課程に入学しました。

一日のスケジュールは、さらに忙しくなりました。
六時　起床
七時　出勤、午前中に病棟で勤務
十一時　昼食
十二時　バスで登校

十三時～十七時　授業、放課後はバスで急いで病院に帰る
～十九時　出勤　自動車学校に行くときは休み
二十時　学生寮に帰る（病棟での忙しいときは遅くなるときもある）
～二十一時　みんなで一緒に夕食、交流、各自雑用
二十二時～　順番にお風呂タイム

多忙な一日が終わって、授業の復習をします。彩華は、そのうえ自動車学校の学科も復習します。学科のほうはやはり、言葉の理解不足のため、授業を多く受けることになりました。その後に乗車して路上技能講習となります。日常会話は、彩華も自分なりに上達したと思っていましたが、ある日、路上乗車練習中の先生との会話で、先生の指示を理解できないことがありました。

その日以来、彩華が自動車学校に行くと、いつも同じ部長先生が特訓してくれました。

「普通であれば、毎日受付して、その日教える先生が違うけど、あなたの場合は言葉が通じないから、路上検定合格するまで、一人で指導することになったから、安心して専念しなさい」

との部長教官からの一言に感動しました。彩華は、本当に自分は幸せな人間だとうれし

く感じたのです。今まで歩いてきた道で、どんな険しい道があっても、前に道を導いて案内してくれる人がいるのです。

午前中に勤務し、午後は看護学校、夜は夜間自動車学校に通学してから、はや二カ月が経ちました。

一九八三年十二月十二日。

親切な人たちの応援のおかげもあり、念願の自動車免許証を取得しました。

今まで運転できる人を見て、自由自在にあっちこっち行きたい場所に行き、やりたいことをして有意義だろうなと羨ましかったけれど、私、高橋彩華もこれからは自由自在に自分の夢を追いかけて走れるんだ!! 中国の田舎の小娘が日本に来て、自分の人生がこんなに変化して、こんなに良い方向へ展開したとは……と、しみじみ思うのです。周りの人々に感謝！ すべての生物と植物にも感謝！ と思いました。

一九八四年一月で学校での授業はほとんど終わり、各病院に実習をしに行くことになりました。一つのグループは四～五人です。彩華は山内、藤村、林田、宮井さんと五人で、最初の実習病院は行橋市市内内科病院でした。

最初の実習現場は検査室でした。大原先生が指導担当です。

「検査はいろいろありますが、今日は検尿をしている所で、まず見学してから、実践してみましょう」

「はい！」と五人で返事をして、筆記具を準備します。

尿は、それぞれ患者さん自身がトイレで採って、検査室の小窓の前に置くようになっています。男性の尿には、ときどき精液の混入が見られます。また、血尿や混濁尿などもあります。

休憩する前に先生が聞きました。

「午前中の勉強はここで終わるけど、質問やわからないことがあったら、言ってくださいね」

「すみませんが、一つどうしてもわからないことがあります。清潔操作時に挟んで物を取ることは『せいし』。男性のおしっこの中にも『せいし』がある。この二つの『せいし』はどういう意味ですか？」と彩華が手を上げながら大声で言ったとたんに、全員が笑いました。

「これは質問だけど、対象外の質問ね」と先生。

「彩華、今の質問は先生に聞かなくても答えるよ」と言ったのは宮井さん。

彩華は、（こっちは真剣に聞きたいのに……みんな大笑いするなんて）と腑に落ちません。

「まあ、まあ、清潔物品を挟む用具は鑷子（セッシ）、おしっこ中の動いているものは精子（せいし）」と説明しながら、先生もやっぱり笑っていました。

彩華は黙って、これは日本語の問題だったのねと反省して、先生とみんなに頭を下げて謝りました。

次の耳鼻咽喉科の実習は、木村耳鼻咽喉科医院で行われました。木村先生は看護学校の教師でもあり、テスト時に漢字に対してはとても厳しい先生でした。彩華が日本と中国の漢字をときどき間違い、それを指摘されたものです。

先生は、北九州市での小さな親切運動の評議員で、応募作文の審査のご担当です。あるとき、彩華の作文が佳作として新聞にも載りました。懸命に勉強している最中に、彩華に対して、「よし！　この調子で頑張っていくんだぞ！」と言って、先生は大きな自信を与えてくれたのです。

さらに、市外総合病院にも実習に行くことに。今までの実習グループのメンバーは入れ替わることになっていましたが、彩華の日本語のレベルを考え、担任の馬場先生が優しく、彩華たちのグループだけ卒業まで入れ替えなしとしてくれました。馬場先生は以前からとても厳しく、融通も効かないイメージと言われていましたが、今回のグループのことで、きちんと理解して考えてくれたのだと、温かい一面を感じました。そんなを気持ちに応えられるよう、市外での実習を頑張ろうと思う彩華でした。

市外総合病院の実習は九州労災病院で、遠いために朝早く起床し、電車で行きます。朝食は病院の学生食を食べ、食後に実習に入ります。

ある日、一日の実習を終わったあとに、内科七病棟のナースステーションで大勢の看護師の前で看護師指導者から言われました。実習生五人で、今から自己紹介して、受け持ったそれぞれ患者さんの症例を発表してくださいと。

彩華に順番が回り、「〇〇〇〇さん、年齢〇〇歳、男性。しょじょ……」と言うと、突然、大笑いが起きました。

宮井さんがそばに来て、「この患者さんは男性よ、少女じゃないよ」と小さい声で言いました。

そのときに初めて、「症状」と言うつもりで、「しょじょ」と発音してしまったとわかりました。そして、指導看護師は、すぐに「一週前間に看護学校の教師から、実習生の申し送りされ、高橋さんは日本に来てまもない人で……」と説明してくれました。難しい実習で、このような緊張する場面なのに、笑い声から拍手となりました。看護師たちが励ましてくれた、とても忘れられない実習の一日です。

次は小児科病棟の実習でした。幼児から小学生まで、みんなそれぞれ病気が違うけど、頑張っている姿を忘れません。小学校低学年の子供たちは彩華を見かけると、「アグネス・チャンの看護師さん」と呼ぶようになりました。当時、アグネス・チャンはテレビで大人気。小さい子供から大人まで知っていました。同じように日本語の発音がおかしいけど、愛嬌があるということでしょう。

実習した日は、その日の実習レポートを書かなければならず、一日の流れを思い出して、反省するところなど自己評価をします。疲れて、レポートはなかなか進みません。窓の外は暗やみ……。翌朝、明るい光が部屋に照らして目覚め、彩華は背伸びして、「さあ、今日も一日始まるよ。実習の厳しさを思い出すと行きたくないけど、可愛い子供たちがアグネス・チャン看護師さんと呼んでくれたら、嬉しくなるから、頑張ってあの子たちに会いに行くぞ！」と思うのでした。

長くつらい市外実習が八月でやっと無事に終わりました。

九月から看護学校で、授業した内容と実習したことで各科のテストがあります。成人看護、老年看護、母性看護、小児の看護、解剖生理、腎泌尿器科、耳鼻咽頭科、眼科、整形外科……全三十二科目のテストの点数が六十点をクリアしないと、再試を受けることになります。試験には、時間も費用もかかります。

十月になったら、准看卒業後について二つの選択肢のどちらかを選ぶことになります。一つはそのまま就職、もう一つは正看学校へ進学することです。彩華は今まで苦学して、どんな難しい課程も乗り越えてきました。だから、正看を目指したいと強く決心したのです。同期の山口さんはそのまま就職し、森さんは正看へと進路を決めました。

彩華は学生寮で一人部屋にしてもらって以来、部屋の壁に大きいな漢字で「世上無難事只要肯攀登」と貼っています。「固い決意と強い志があれば、世の中に成し遂げられないことはない」という意味。彩華は勉強など息が詰まっているときや難題が解けないときにその言葉を見つめました。

正看への進路を決心してから彩華は、「准看は難しかったが、正看はもっと難しい。難しいとわかる。今まで以上に努力！　努力！　さらに努力して勉強しないとね！」といつも心に刻んでいました。

それからも、午前中は病院で働き、午後は准看学校へ通学し、夜はもっと時間を気にしながら、授業のまとめ勉強と正看の入試の勉強を始めました。

一九八五年二月、准看護師免許試験を福岡市のサンパレス会場で受けるために、一泊ホテルで宿泊します。

今までずっと苦労を共にした実習グループで、和気あいあいとしたムードの中で、全科目の復習を行いました。仲間で語り合います。

「いよいよ明日が本番ね！　途中でいろいろな事情があって、何人か退学したけれど、残った私たちは本当に頑張ったから、最後の試験も合格したいね！」

「そうね、特に私はもう年だから、一発合格しないとね！」

「自分なりに頑張ったから自信があるけど、結果はわからないしね」

「みんな、この二年間にそれぞれハプニンクがありながら、今日までこれた。お互いに助け合ってきたからこそ一緒に合格しましょうね！」

彩華も言いました。

「私、私が今日まで来れたのは、自分の力だけじゃなくて、みなさんと先生方が力を貸してくれたからこそ。今までの力を発揮して合格したい‼」

みんなが勉強している最中に馬場先生も入ってきました。

「みんなが必死に勉強して、いろいろな困難を克服してきたから、明日は問題の意味をよく理解して、自分の力を信じれば解けます。きっと良い結果になるでしょう！」

みんなが就寝したあとに、彩華は最後に全科の復習しているうちに、やはり不安な気持ちがいっぱいになりました。けれど、どんな夜でも、きっと朝が来るよと思いながら眠りについたのです。

翌朝、ホテルの十階の部屋のカーテンの隙間から、陽光が差し込みました。思わずカーテンを全開にして、空を仰いでから、広い大地が薄く赤く染められていくのを見て、暖かく感じました。彩華は両手を広げて、長く深呼吸しました。

「よし！　やるぞ！　世上無難事　只要肯攀登！　この調子で頑張って試験を受けるぞ！」

試験中は慎重に一つ一つ問題を解き、全部終わったあとにもう一度、ひっかけ問題を見直します。試験終了後、みんなは荷物を下ろしたように、いつもより賑やかに笑顔で、卒業後の連絡先などを交換しました。

試験のあとも、彩華は正看の入試に向けて、ずっと勉強していましたが、二月下旬、しかも入試数日前に、突然、担任の馬場先生から呼ばれました。

「高橋さん！　則松主任から大事なお話がありますって、ちょっと職員室まで来てくださ い！」

彩華はなぜか、試験を受けるより肩が重たくなりました。職員室に入ると、則松主任が言いました。

「とても信じたくないのですが、高橋彩華さんは日本の国籍にまだなってなかったから、学歴上では日本国の基準を満たしてないため、正看の入試は受けられません」

「な……なに！　なんですって？」と彩華はびっくりして、まともに話せませんでした。

「正看入試の資格は、日本国での小、中、高校までの課程全部十二年間修了しなければなりません」

「私は中国で小、中、高校を卒業しました」

「今日、県の教育部と福田知事のファックスが届いたのです。調べると、中国で高校まで卒業したときの年数は十一年間しかありませんでした。私たちは高橋さんがこんなに勉強熱心だから、入試を受けさせたかったよ」

確かに、中国では小学校は五年間しかありませんでした。

「なんでこんなことに！　もし日本に生まれ育ってたら、そして言葉の難しい壁がなくて、ごく普通の国民の一人だったかもしれないのに……そうしたら、正看入試も当たり前に受けられるはずのに！　あ〜、私は準日本人になるより、本当の日本人になりたい」

彩華は思えば思うほど、悔し涙が流れて、流れて……そして、戦争をうらめしく思いました。けれど、憎んで憎んでも仕方がありませんでした。

## 四　突然の婚約

職員室から飛び出して、止まらぬ涙を強く拭いたあとに教室に入ると、友達がそれぞれ恋人の話で盛り上がっていました。

彩華は、自分にも、もう一つの選択肢があることを思わずにはいられませんでした。

実は二年生になってから、太市伯父が病気で、もう余命わずか数カ月と言われていたので、忙しい合間を縫って、何回かお見舞いに行っていたのです。食事介助や体の清拭など行うとき、伯父夫婦から、「豆腐店を自営している友和は優しく、まだ独身なので、どうか」と言われたのです。

そのときは、准看を卒業後は正看を目指す予定だと説明し、そのまま縁談を断ったのです。ところが、去年の五月、土曜日の夕方、その当人から電話がありました。

「豆腐兄ちゃんの友和だよ、わかる？　明日日曜日だけど休み？」

彩華が休みだと答えると、友和は嬉しそうです。

「良かった！　じゃあ遊びに連れて行くから、いい？」

「いいから、言葉もわからないのに看護学校、頑張っているけね、気分転換でどこに行こう!」

「いいね、いいね、行きたい。ありがとう!」

と突然の誘いでびっくりしたけれど返事をしました。

翌日は晴天。小倉の到津遊園地に行き、楽しい一日でした。

伯父の病状は少し回復し、退院となりました。

六月になって、毎週土曜日に学生寮から築上町の実家に帰って、兄夫婦、姪の冬子、妹の恵美と過ごす楽しい日々の中に、ときどき、豆腐兄ちゃんも訪れるようになりました。

ある日の午後、豆腐兄ちゃんが突然誘いました。

「ねぇ、彩華、今日二人で食事に行きたいな! どう?」

「なんかごちそうしてくれるなら行くよ……」

と彩華は笑いながら答えました。

そして、車の中で聞いてきたのです。

「中国に恋人おった?」

「うん、おったよ」

「今もその人のことが好き？」

「うん、好きよ」

「近いうちに中国に帰るの？」

「いいえ。帰りたくても、帰れないよ。准看のあとは正看の資格も取りたいから、時間がかかるよ……」

友和は、「わかった！」と言いながら、隣の椎田町にいる親戚の松本家に連れて行きました。友和が松本夫婦に頭を下げ、「よろしくお願いいたします」とあいさつしたので、彩華も同じようにしました。

おじの香月が彩華に向かって、「彩華ちゃん本当にいいの？　友和さんのこと好き？」と言います。彩華は目が覚めたように「もしかして、これは……これは……結婚についてのお話か」と思いながら、返事をするのをためらいました。

おばの信子は、「彩華ちゃん！　あのね、今までずっと友和さんにお見合いをさせたけど、いつも断るか逃げたの。今日もお見合いするはずだったのに、友和さんから嫁になる人を連れて来るって連絡があったのよ。まさか彩華ちゃんやったとは。太市おじちゃんの病状はあまりよくないでしょう？　友和さんのお嫁さんのことをどうしてもと頼まれたから、もし彩華ちゃんが良ければ、すぐに婚約を進めていくよ」

彩華は日本に来てから、太市伯父のことがどんどんわかっていきました。いつも親切にしてくれたし実家も建ててくれたし、母の兄で、嫌な気持ちはなかったので、伯父が望むことならと婚姻について返事しました。

そして、家に帰ると、愛蘭が待ってたように言いました。

「彩華、だいぶ前に兄夫婦が結婚について相談に来たけど、返事しなかったよ。これは彩華の人生だからね、自然に任せようと思って。彩華が一生懸命に勉強してたから、何も言わなかったのたよ。ごめんね」

「太市おぃちゃんもおばちゃんも良い方だし、豆腐兄ちゃんも今まで、兄妹のようにいろいろとお世話になって、優しいよ。別に嫌いじゃないよ」

軍治、球江は、「私たちも知ってたけどね、彩華は自分の思った通りにしたらいいよ。でも、二人はよく似合うよ」と言いました。

「姉ちゃん！　豆腐兄ちゃんはいい人よ。今までずっと、本当の兄ちゃんみたいにあっちこっち遊びに連れて行ってくれたし、そのときの面倒見もいいよ。きっと姉ちゃんを幸せにしてくれるよ」と恵美も大賛成。

七月になるとすぐに、友和と彩華の婚約が祝われました。

太市伯父は、病状を押して、晴れやかな顔です。

「今日、こうやって祝いの席だけど、これから二人で夫婦としてお店の跡取りとなってほしい！」

友和は答えます。

「一応そうするつもりでしたが、彩華は今懸命に看護の勉強をしているから、考えとくよ」

友和の一番上の姉が「そうね、彩華ちゃんはせっかく看護師の道を選んだのだから。しかも、これから豆腐作りという自営業もいつまで続けられるかも、何の保証もないし、無理なら、早く考えを切り替えたほうがいいかもね」と言いました。

彩華が、

「みなさんの意見を聞いてたら、豆腐店をやってみたいと思うようになりました。どうしてもだめなときには相談します。けど、私はこの一年半の間、看護学校で、ほぼ毎日涙を流しながら勉強してきました。准看卒業したあとに正看にも行きたいから、ぜひ看護の道を続けていきたいのです」

と言うと、太市伯父は懇願するように言いました。

「まあ、二人でよく話し合って、数回でもいいから豆腐作り現場を見学してごらん。あとは任せた。頼むよ！」

婚約結納式を終わったあとに太市の病状が悪化し、再入院してから回復せず、七月二十三日に安心したように永眠したのでした。

太市の四十九日が終わってから、友和が彩華の家に頻りに来るようになりました。

一方、ある日、彩華は学生寮で朝二時頃に起床すると、軍治からゆずってもらったバイクで、豆腐店まで行きました。

友和姉と友和はもうすでにできた豆腐で、厚あげと油あげの作業をしていました。

「おはようございます、お疲れさまです。遅くなってすみません」

「あっ！　彩華ちゃん、ようこそいらっしゃい、よく来てくれたね」と二人は笑って言いました。

友和が、彩華のために大きな機械を買ったことを覚られないように説明してくれます。

「今はこんな大きいな機械でやっているけどね、昔は手作りしてて、時間がかかって大変だったから、この機械を最近やっと買ったんだよ」

友和姉も言いました。

「あのね、今まで手作りして苦労しても、なかなか機械を買わなかったのよ。彩華ちゃんがお嫁に来るから、友ちゃんもうれしくて買っちゃったよ」

「ちょうど二回目の豆腐ができる前の豆乳を飲んでみて。おいしいよ。いつも朝食はパンと一緒に豆乳を飲むんだ。健康にもいいよ〜！」

「わーい！　初めて！」

豆乳より、豆腐が固形になる前の絹ごし豆腐が熱いけれど、ぷるんぷるんとした食感でさらにおいしく感じました。そのとき、豆腐店を継ぐのも悪くない、みんなが食べている笑顔を想像したら、やり甲斐がある仕事だと思ったのです。しかし、もし看護師をやめたら、今までの苦労はなんだったのかということになります。

しかも、日本に来てからずっと病弱で入院ばっかりしていたので、今から少しずつ、自分の体を自分で理解して、体質を改善していくチャンスなのに、とも思いました。その上に実習で見た、患者さんが完治して退院するときの笑顔が忘れられないとも……。

彩華は決められないまま、日々を過ごしました。そして、やっぱり、人より何倍も努力して、勉強して、やっと今から看護師の免許を取得するのだから、途中でやめるわけにはいかないと強く決心したのです。

そして、再び休日に豆腐店へ行き、決心を告げました。

「ごめんなさい！　私、私は豆腐作りやはり向いてません。これからずっとやっていく自信もまったくありません。私の働く場所は病院しかないから、もしそれがだめならば、婚約を解消します！」と勇気を出して、友和姉と友和に言いました。

友和はしっかりと受け止めてくれました。

「いや、婚約解消はしないよ。オレたちもこれから豆腐作りの自営を続けるかどうか自信があまりないし、その上に、世の中の生活環境やレベルも変わってきたから、彩華は安心して、看護師の道を続けてほしい」

友和姉も言い添えます。

「私も今日までね、お盆お正月の休みがなかったよ。それに注文の数も昔より減ってきたし、これも豆腐店をやめる良い機会かもね。友ちゃんも豆腐作りをやめて、会社員になったら気楽でいいかもよ」

数日後に、友和の家より連絡がありました。豆腐店をやめて、友和は運送会社に就職し、友和姉もうどん屋勤めになったと。

結婚については、日取りが決まり、衣装などの用意は少しずつ進んでいきます。彩華はまだ学生なので、卒業後の住まいと家具は友和と友和の兄姉たちに任せ、結婚式の衣装とカツラだけは友和と二人で行橋平安楽に行って決めました。

夏休みの登校日に、実習グループの友達四人だけに結婚について話をし、結婚式に招待しました。

「良かったね！　おめでとう！　結婚式に喜んで参加するよ」

「彩華はみんなより苦労してたから、幸せになってね！　ご主人になる方はいくつなの？」

「えーと……えーと……いくつだったっけ？　年上よ」

「えっ！　えっ‼　もう結婚式決まったのに年も知らんの？」

「本当に結婚するの？」

「結婚するのは本当よ。ただ違うのは、みなさんは恋愛してから結婚するんでしょうが、私の場合は先に式をしてから恋愛する。彼は優しいから、大丈夫よ」

「彩華が大丈夫ならいいよ。応援するから幸せになってよ」

「卒業式が三月八日で、結婚式は三月三十日に決まりました。本日まで、みなさんと一緒に慣れない日本語でたくさんご迷惑を掛けてすみませんでした。ありがとうございました！　この二年間本当に長くて短い、忘れられない二年間でした。貴重な二年間でしたところで、今まで正看になると張りきって決めたけど、行けないから、これから正看へ行く人は頑張ってくださいね！」

　彩華が必死に長く話した後に、教室はさらに賑やかになったが、担当馬場先生が廊下で、ハンカチで涙を拭きながら、拍手したのが教室の窓ガラスに映っていました。正看の入試を受ける資格を取るために、准看を卒業してから、四月に折尾通信高校に編入することになりました。

卒業式の準備しているときに、三原校長先生が彩華に、「突然ですが、卒業おめでとうを中国語で教えてくださいね！」と頼んできました。彩華はびっくりしながら「えーと、祝贺毕业(ジュウホウビィーイエ)（祝賀卒業）」と発音を教えました。校長先生は「祝贺毕业！　祝贺毕业！　わかった、ありがとう」と言い、満面の笑みでした。

卒業式のリハーサルが数回行われ、あっという間に三月八日になりました。学校の講堂で賑やかな卒業式が始まり、三原校長先生が祝辞を言うときに中国語を上手に言えて、みんなも来賓の方もびっくりし、大きな拍手となりました。彩華はとても嬉しく思いました。

各科目の先生方が各病院から出席し、各学生が勤務している病院の代表者か院長が祝福に訪れ、彩華が勤務している新田原聖母病院のマリア院長もいらっしゃいました。

「ご卒業おめでとうございます！　みんなで無事に卒業できて本当に良かった。安心しました」とマリア院長から言葉をもらいました。

卒業生がそれぞれグループで劇を発表しました。彩華たちのグループは、林田さんと宮井さんが、実習現場の一部を演技し、内容は彩華に関係あることなので、みんなを笑わせました。彩華は実習とレポートなど日本語での苦戦を思い出して、思わず涙がポロリ、ポロリと自然に流れていたのです。

「やっと卒業できた。あれもこれもみなさんの力のおかげで、助けていただいた結果だ。これからもみなさんの優しさを忘れずにナースの仕事を頑張っていこう！」と心に刻んだのです。

看護学校卒業式が終わってから、学生寮は一変します。森さんは行橋市内の自宅へ引っ越し、山口さんの実家は長崎県五島なので、そのまま看護師寮へ引っ越し、彩華は本来ならば築上郡築上町の実家に引っ越しのはずでしたが、三月三十日に結婚するために、実家の近くの嫁ぎ先に荷物を送り、本人だけは実家に帰りました。

# 第三章　新婚時代

## 一　思いがけない結婚

一九八五年三月三十日の朝方、空がまだ暗いうちに、愛蘭と彩華は起床し、二人で小声で話しはじめました。

「彩華は小さい頃から母さんから離れるのが早かったね。遠くへやった七歳のときのことを昨日のように覚えてるよ。誰だって我が子が可愛いよ。だけど、あの時代はどうしても仕方がなかったの。別の人がいなかったから、七歳になったばかりの彩華を遠く、しかも看病のために送った。あのときの苦労を忘れられないよ。けれど、今から過去のことは忘れて、優しい豆腐兄ちゃんと幸せになってね！　天国の世文パパも見守ってくれるはず、きっと!!」

「わかったよ。私も好きで媽媽（ママ）から離れたわけじゃなかったよ。昔は昔！　今から豆腐兄ちゃんと恋愛から始まり、安心して良い家庭を築いていくよ」

「日本と中国の生活環境レベルが違ってたけど、日本語を今だいぶ話せるから安心だよ。何か困ったときには、いつでも聞いてね」

「うん！　わかった。大丈夫よ！」

朝日が赤く見える頃に、着物の着付けの人が来て、まず白無垢の花嫁姿が出来上がりました。聖母病院に行き、病室などへあいさつに回ったのです。着物は彩華にとって珍しく、とてもウキウキ気分で、一人でも多く職場の方に自分の着物姿を見てもらいたいと思いました。けれど、時間がかかり緊張もあって、トイレに行きたくなって……。どうにか一人でトイレをすませて出てきたら、待っていた親族や職場のみんながびっくりして彩華を見ます。彩華はおかしいなと思い、自分の姿を鏡で見ると「あっ！　わっ！　あっらっら！」

花嫁着物がぐちゃぐちゃで、襦袢などが出てしまっていました。着付けの人が上手に崩れた姿を元に直してくれましたが、送迎バスの中でみんながあれやこれや言いながら、爆笑されてしまいました。そして、ようやく結婚式場に無事到着。

聖母病院の加藤総師長、看護学校の馬場先生、二年間、共に勉強や実習したグループのメンバー、両家の親族一同……みんなから熱い熱い祝福をもらいました。

披露宴で娘から母へ贈る言葉があるので、半年前に式場の担当者から説明を受けて書いていたものがあります。

「……日本に来てからずっと病弱で何回も入退院を繰り返し、最後に苅田総合病院から逃げ出したときに、もっとも母さんに心配させて迷惑をかけました……私も母さんみたいな強い母になって家庭を支えていきたいです……」と自分なりに書いた文章を大粒の涙を流しながら読み上げました。日頃思ってもなかなか口に出して言えないこと、照れくさいことも……。戦争に負けない強い母、誰よりも元気いっぱいでパワフルな母も泣いていました。人生で一度の忘れられない一日となったのです。

最後にピンクの花嫁ドレス姿になったとき、さらに強く決心しました。

「今までどんな苦労があっても乗り越えてきた。どんな暗い夜でも明るい素晴らしい朝が来た。今から豆腐兄ちゃんと恋愛して、仲よく幸せな、笑顔がある家庭をつくっていく」と。

式後に愛蘭は安心して、軍治兄と一緒に仕事を始めました。

四月になると、例年のように桜の花は満開に。彩華は新婚生活を始める一方、病院には新人ナースとしての勤務をスタートし、さらに、正看入試の資格を得るために一年間の通信高校に入学しました。

新人ナースとしての初日は、喜びで胸がいっぱい。今まで看護助手と一緒に患者さんのお風呂介助やリネン交換などをし、看護師が多忙時にナースコールが鳴ったら、病室に行って患者さんの具合を聞いて、看護師に報告するという立場でしたが、今日からはもうナースステーションに入って、夜勤明けの先輩看護師にあいさつして申し送りを聞きます。その日のリーダーから受け持ち患者さんの役割を分担されてから、一日の勤務をスタートします。医師の診察後に、それぞれ患者さんに対しての指示を受け、点滴や抗生物質など内服処方や必要時に検査を担当したり。長年寝たきりの患者さんに褥瘡があれば、その処置も担当します。

聖母病院は三階建て。一階は受付、外来、検査室、厨房、リハビリ室。カトリックの病院なので、二階に病棟とミサ典礼室があり、三階は全部病室です。年間行事で別の病院と異なるのは、十二月のクリスマス会がとても盛大なことです。その日は職員が家族も連れて来て、信者の人たちが頭にベールをかぶり、ロザリオを持って、讃美歌を歌いながら、病院の隣のカトリック教会の神父様について行列し、ゆっくり、ゆっくりと一階から三階まで回ります。動ける患者さんは病室の入り口で、動けない患者さんはベッドにてミサを行うのです。

義母が体調不良となり、かかりつけの病院に連れて行って検査をしたら、膵臓がんの悪化でした。すぐに入院となり、友和の兄弟たちと順番に付き添っていましたが、思ったより早く、四月十四日に永眠となりました。

## 二　出産、育児

彩華が一人で三役をしていると、時が経つのはあっという間です。七月になったある日、頭が重く痛くて、気分もすぐれません。今まで経験したことがない不調で、不思議でした。気がついたら、きちんとくるはずの生理が数日間遅れています。彩華はたった数日遅れているからといって、赤ちゃんができているとは限らないと思い、気にもしないままでした。

「彩華、何か気分でも悪いの？　顔の色が悪いよ」と夫が言います。

「ちょっと休んだら大丈夫よ」

「一応念のために病院に行っておいてね」

そして、隣に住む兄の嫁も心配して訪ねてきました。さらに友和姉も帰って来て、

「彩華ちゃん、どうかしたの？　友ちゃんから具合が悪そうだから見てと連絡があって、来たんだよ」

「新しい生活を始めてから、疲れがたまったせいか調子が少し悪いけど、大丈夫。お姉さんも忙しいから、また、何かがあったら連絡する」

「今日、うどん屋は定休日だから、一緒に産婦人科に行ってみようね」

彩華は、（友和が末っ子で、姉さんが長女。年が離れていて、年の差も親子みたいな感じ。可愛がってくれるから、もう恥ずかしいとか思わず、お言葉に甘えて病院に行こうかな）と思って、すぐにお願いしました。

椎田町にある、国道十号線沿いの築上町の産婦人科に到着し、待合室で友和姉と話しました。

「昔、豆腐を作っていた頃に、二人三脚で自営してね。友ちゃんが、うちの長男、健の面倒をよく見てくれたよ。あの子はオムツまで換えてくれたよ。よく動いてくれるから助かる。彩華ちゃんがたくさん子供を産んでも、お手伝いに行くから、心配せんでいいよ」

「そう言ってくれて、嬉しい！　ありがとうございます」

看護師から声がかかりました。「どうぞ、お入りください」

彩華は「はい！」と言いながら、診察室に入りました。

「お腹のエコーを見るから、ここで横になって楽にしてください」

彩華は不安で、半信半疑でしたが、両手をお腹に当てて、（この中に本当に新しい命があればいいな）と思いました。

しばらくして、医師が診察室に入ると、

「妊娠の前兆があったんだね。あっこれ、これ……まだ早いから、形になってないけど、確実におめでただね！」と言いました。

「あっ！　やった！　良かった！」

「安定期になるまで、つわりや家のことなど大変かもしれないけど、気を付けてくださいね」

看護師も「おめでとうございます！　お大事になさってくださいね」と言ってくれます。

「ありがとうございます」

診察室から出て、すぐに待合室の友和姉に報告しました。

「良かったね！　おめでとう！　友ちゃんが子供好きだから喜ぶよ。今晩お祝いのご馳走を作りましょう」

二人で家に帰ると、友和姉はさっそく、自分の夫に「彩華ちゃんの体調がある程度落ち着くまで、実家でお手伝いする」と連絡していました。

彩華は思ったよりつわりが激しく、料理のにおいをかいだら吐く、食べたら吐くを繰り返して、体重もだいぶ減りました。友和姉は職場が近いので、仕事が終わると本家に帰り、彩華と家事を一緒に行い、夕食を食べて、香楽の自分の家に帰るという一カ月を過ごしてくれたのです。

母の愛蘭は久し振りに来て、心配そうに、「つわりが激しいと聞いたけど、大丈夫？」と聞きました。

「とにかくムカムカして、あれもこれも食べられないよ。ご飯のジャーを開けたとたんににおいで吐いちゃう。いろいろと料理も頑張ってみたけど、無理！」

「このままじゃ仕事もできないね。母ちゃんもつわりが激しかったけど、あの頃中国では貧乏でね、そんな場合でも働いてたから強くなった。だけど、今の彩華の体は痩せ過ぎだわ。しばらく職場から休暇をもらって、ゆっくり休養しなさい」と言いながら、母は彩華のお腹をさわって「どうか、丈夫な子できますように。頼むよ」と呼びかけました。


やがて、妊娠二カ月になると少しずつ食べられるようになり、再び聖母病院で働き出しました。約半月振りに出勤して、みんなが笑顔で「おめでとう！　おめでとう！」と言ってくれました。

マリア院長はとても優しく、いつも笑顔で、彩華の大好きな医師です。看護学生の頃によく腹痛を起こした彩華をいつも心配して、厨房に直接お粥を頼んでくれた先生。卒業式にも特別に出席し、お祝いしてくれました。

彩華は出勤するとすぐに院長室のドアをノックし、報告しました。

「赤ちゃんができて良かったね。おめでとう！　生まれるまで大変だけど頑張ってね。新しい命を大事に育ててね！」

「いつもありがとうございます。また、よろしくお願いします」

安定期になるまでは、毎日病棟日勤となりました。

担当病室を見まわり、検温、血圧測定などバイタルサインをチェックするのですが、時にムカムカして、トイレなどへ吐きに行ったりしました。間に合わないときは、患者さんがゴミ箱を指して、「もうここに吐いていいよ。病気じゃないから、気にするな」と言ってくれたりしたのです。

一日の勤務を終わって、別の看護師より少し長く休憩してから帰ります。愛蘭からも、「もしつわりが続けてあれば、仕事の後に実家に帰っておいて」と言われていましたが、もともと実家と婚家は近いのです。普通ならば、しばらく気楽に実家に帰るかもしれませんが、彩華は一日も帰ることはありませんでした。

日本に来てから、彩華は炊事をしたことがないままで結婚しました。食べ物の好き嫌いはなかったけれど、友和のほうが結構あったので、ほとんど友和の好みを中心にしたメニューでした。

帰宅後に、まず夜のメニューを決め、台所に立つと料理本を広げて、作り方を読みながら、鍋や食材を準備し、下ごしらえなど段取りして火をつけて料理し始めます。本を見る間に、突然、こげ臭くなって気づき、「あっちゃ！　今日も真っ黒けに焦げっちゃった」と思わずため息。その上につわりのムカムカで、余計に気分が悪かったのです。でも、鍋を何個か焦がしてから、少しずつ料理の腕を上げました。砂糖入り料理だけは上達しません。中国の台所は砂糖を置いていないので、甘い料理の習慣がなかったのです。これが日本と中国の食文化の大きな違い。

「これからずっと日本に住むのであれば、日本のしきたりに従わないとね」と思い、砂糖入り料理を学ぶ決心をしました。

十月、五カ月となり、お腹が目立つようになりました。つわりも少し落ち着いて、毎日嬉しく出勤すると、同僚の宮井さんから誘われたのです。

「もう安定期になったね。顔色も良くなったよ。今度院内旅行があるから、一緒に行こうや！」

「本当？　もうそんな季節になったのね。ずっとつわりの体調不良で、私の中で時計が止まってたみたい。今調子がいいから行きたい！」

「じゃあ、一緒に行くようにするね」

「良かった。楽しみにしようーっと」

十月の下旬、山口県でのリンゴ狩りバスツアーに参加しました。リンゴ畑に入ると、良い香りがして、吸っても吸ってもおいしい空気で、さらに自分の手でもいだリンゴを食べるとみずみずしくおいしかった。たくさんもいで持ち帰り、みんなに食べさせたいなと思いました。

病棟のシスター加藤総師長が「どんだけ食べて、こんな大きなお腹になったの？」と通りかかりながら笑って言いました。

「えっ。まだ一個しか食べてないよ」

「このおいしいにおいで、十個でも食べれそうね！」と宮井さん。

「そうよね！」

楽しい一日でした。

院内旅行のあとも彩華の調子は良く、平々凡々な毎日。

一九八〇年代、日本医療施設での看護師の出産休暇は、産前六週、産後八週なので、一月になると産休に入りました。

今まで毎日忙しかったのが、やっと落ち着いて、毎朝、友和の弁当を作り、「行ってらっしゃい！」と見送ることができるようになりました。

ある日恵美から電話がありました。

「姉ちゃん、もう産休になったと聞いて、今日ちょうど休みやけね、買い物に行こうか」

「あー良かった、出産準備しないといけんけ、お願いしよう！」

「じゃーあとで迎えに行く」

久し振りに恵美と会って、話も弾みました。

恵美は日本の中学校卒業後に小倉の歯科衛生学校を卒業し、地元築上町にある有本歯科に勤めています。

「先生夫婦は子供がいないから、私、とても可愛がってもらってるよ」

「恵美、良い所に勤められて良かったね」

優しい恵美とベビー用品の買い物を終わってから、晴れた日に洗濯して、これで出産の準備も完璧です。

二月に入ると、さらにお腹が大きくなって、産院で、もういつ出産してもいいと言われてのんびり過ごしました。一方、友和は会社の勤務を日勤にしてもらえました。

「もう臨月やけね、社長が早く帰って、家事を手伝えと言うてくれたよ」

「助かるー！」

「お風呂の掃除や洗濯はオレに任せて」

「良かった。ありがとう！」

結婚してから、二人は徐々にお互いに思いやりの心を持つようになりました。「結婚してから恋愛するのもいいね」とつくづく思ったものです。

二月十二日の朝方に陣痛が来ているように感じて、産婦人科に連絡し、友和を起こして病院まで送ってもらいました。

看護師が「もう陣痛の前兆なので、このまま入院です。ご主人はいったん帰っていいですよ。逆子状態ならば、赤ちゃんが産道を通れるかの確認するために、今からレントゲン撮影して、自然分娩か帝王切開するかを決めます。時間がかかるので、代わりに誰か付き添いに来てもらってください」と言います。

友和は「わかりました、お願いします」と言い、彩華のそばに寄り、「今、運送荷物多いから、午前中に仕事に行ってくるね。頑張ってね。お母さんに来てもらうね」と言ってくれました。

「逆子とわかってから、体操とかやってたけどね、お腹が硬く張り出すからうまくできなかったよ。まあ検査して、普通分娩ならいいけどね」と彩華もわりあい落ち着いて答えています。

友和が出勤してから、代わりに母が来てくれました。

「ごめんね。看護師のくせに、逆子を戻すの、できなかった」と母に言っていると、「あっ！　痛い……痛……」

母が彩華の背中と腰をマッサージし、「頑張れ！」と励ましてくれました。

担当の医師が笑顔で分娩準備室に来て、「先ほどの写真で普通分娩、大丈夫だから」とガッツポーズで合図しました。


一九八六年二月十二日の夕方十八時に、体重三千三百三十三グラムの元気な女の子を出産。

逆子の出産は本来なら帝王切開が望ましいのでしょうが、彩華は普通分娩で出産し、時間がかかって赤ちゃんの黄疸が強かったために、約三週間、保育器の中に入ることになりました。赤ちゃんが退院し、わが家に帰ると新米パパとママで、家内の雰囲気は一気に変わり、パニック続きとなっていったのです。

赤ちゃんの名前は男の子ならパパが付ける、女の子ならママが付けると友和と前から約束していました。彩華は日本人の名前で憧れていたのは末字が「子」であることで、そして自分の一字取って「彩子」と名付けたのです。

周囲のみんなが祝福する中ですやすやと眠る我が子。両目がくりっと大きくて、笑ったら両頬に小さなえくぼが出ます。我が子が一番可愛いと、まさに親ばかです
折尾通信高校に入学してから、指定日に登校し、授業を受けることになっていました。彩華が多忙の中で一年間はあっという間に過ぎ、彩子の出産後三月になって、折尾通信高校の卒業式に出席しました。これでいつでも正看の入試に挑めると思いましたが、友和の兄弟たちは跡継ぎの子供は三人から五人はいなければならないと言うのです。友和と相談して、三人子供を産んでから、彩華は自由に正看学校を受けると決めました。

彩子が十カ月になった十二月、彩華の体調は普通ながら食欲旺盛となって、「体質でも変わったかな」と思いながら過ごしていました。彩華の夜勤日は、母が泊まり込みで子守りをしてくれました。

一九八七年一月になると、彩華は自分の体形が変わったと気づき、恥ずかしいから、まず一人で産婦人科を受診。

「おめでとう！　お腹に新しい命を授かっていますよ」

（えっ？　こんなに早くできちゃったのか！）

さっそく、母に知らせると、

「早くできて良かったじゃないの。彩華は早く正看に行きたいやろう?」と喜んでくれました。

「それはそうだけど……やった。良かった!」

友和が帰宅してすぐに、「また、できたよ」と笑って言いました。

「えっ! こんなに早く。姉ちゃんに知らせんとね」

友和姉は、「本当にできたのか。おめでとう! 二人の相性、よっぽどいいんでしょうね。協力するから頑張ってね!」と言ってくれました。

病院に出勤し、シスター加藤総師長に報告したら「彩華さんは正看に行くのが諦められないんだったら、もう頑張るしかないね、応援しなくちゃね!」と言いながら、「こんなに早く妊娠できるものなんだね」と笑ったあと、「お腹の命を大事になさってね!」と優しい声で言いました。

「ありがとうございます、よろしくお願いします!」と頭を下げました。

彩華は「よし! 彩子が一歳半頃にこの子が生まれる。どっちかな? 今度はひどいつわりがなかったし、食欲もあるから、きっと男の子かもね」と笑みがこぼれるのでした。「幸せってこんなことよね」と思い、今の幸せを中国にいる学進に知らせたい、そして、学進が彩華のことを諦めて、結婚して幸せになっていてほしいと強く思ったのです。

数日後に、嘘のような出来事が起こりました。

バイクの郵便屋さんが迷いながら訪ねてきて、「この家に李彩華という方がいらっしゃいますか?」と言います。

「私ですが……」

「あー。良かった。良かった! 中国の北京から手紙が届いているけど、住所が違うから、あっちこっち訪問して、探しましたよ」

「そうーなんですか。お疲れさまでした。辛苦了(シンクーラ)! 辛苦了!」

「この手紙が届いた日は結構前なんですが、遠方からなのでどうにか届けたいと。やっとこれで任務が終わった気がします」と中国からの航空便を彩華に渡し、ホッとした表情でした。

「ありがとうございました。多謝(ドゥオシェイ)! 多謝!」と封筒の裏を見たら、馬学進からの手紙でした。びっくりしたのは、つい何日か前に彼を思っていたことで、こんな早く手紙が来たことです。

さっそく手紙を読み、感傷的になる気持ちを抑え、涙を拭いて、拭いて……近況を書いて返信しました。これ以来、学進の手紙が来なかったので、届いたかどうかもわからないまでした。

七月二十三日、太市伯父の法事を終えると、前駆陣痛のようなものを感じました。二人目で、心の余裕が多少あり、出産の準備や留守の間の彩子の子守りなどの段取りは順調でした。

七月三十日が予定日でしたが、一九八七年八月一日に体重三千四百八十グラムの男の子を無事に出産しました。今回、友和も早めに休みを調整して、立ち合うことができました。男の子なのでパパが直樹と名付けたのです。

「いい名前ね。木がまっすぐに育つように、誠実な性格の子を育てるようにしようね！」

と感激しました。

「そうだよ。そんな子になってほしいね。楽しみだなー！」

彩華が退院して帰宅すると、さらに多忙な日々となりました。

彩子と直樹は年子なので、直樹のミルクを作るときやオムツを換えるときに、彩子もよちよち歩いて自分の哺乳瓶とオムツを持ってきて、直樹と同じようにしてもらいたい仕草をします。転げそうになっても、転げても、それほど泣かずに立ち上がります。ほめると、ニコニコして彩華に甘えてきます。直樹を寝かせてから、彩子を愛情いっぱい込めて抱きしめて、目と目を合わせて意味不明な片言を聞いてあげる日々。そして、しばらく遊んで、昼ご飯のあとに三人で川の字で昼寝をします。

彩華のすぐ上の姉、彩麗は、中国で結婚して彩華たちより遅れて日本に来て、女の子を出産。美奈と名付けました。彩麗夫婦が日本の生活に慣れるまで、両家でお互いに行ったり来たりして、言葉と料理などを教えたのです。

一九八七年の産休は、やはり産前六週、産後八週なので、二カ月の直樹の子守りを母に依頼し、彩子を東築城保育園に入れ、再び出勤しました。愛蘭は、朝自分の家から彩華の家まで来て、東築城保育園のバスで通う彩子の送り迎えをします。それから日中は直樹と二人で留守番。彩華は勤務後に買い物をして帰宅。母はそのまま一緒に夕食を食べてから実家に帰るという日々です。ときどき、友和の帰りが遅いときには、彩子と直樹のお風呂を彩華と二人で入れてから帰ってくれました。

十月の下旬、すっかり秋模様です。

友和が「ねぇ。お母さんが、ずっと二人の子守りしてくれているから助かっている。親孝行しなくちゃね！」と言いました。

「そうね。私も毎日忙しくて、そこまで気配りを考えてなかったよ」

「そうそう、彩華も夜にミルクを飲ませたり、オムツ換えたりして、寝不足なのにかまわず仕事に行くから、息抜きに行こう！」

「そう言うてくれて、ありがとう」


ある日、愛蘭が帰る準備しているとき、彩華は友和のアイデアを口にしました。

「ばあちゃん、友ちゃんから明日天気がいいし、紅葉を見に行こうって。用事がなかったら、行こうか！」

「あっ。嬉しいな。近所の末永ばあちゃんがいつか紅葉を見に行くと言うてたよ。うらやましいなと思ったら、私の方が先に行くんだね」

次の朝、愛蘭がいつもと同じように彩華の家に来ました。友和が運転して、大人三人、チビ二人で紅葉を見にレッツゴー！

築上郡から出発して約一時間、大分のやまなみハイウエイを走って山に登ったら、目の前にびっくりする景色が広がっていました。一面の紅葉（黄色、赤色）は感動の一言。山を降りると八合目くらいに一本大きな銀杏の木がありました。真っ黄色でとても凛々しい姿です。この雄大な自然を絵に描くことができると言えば……中国にいる頃、小学校一年生から看病していた叔父（李世俊）のことが思い浮かびます。

叔父は、体調が良く、天気も良い日に出かけるときは、必ず絵の具セットや画用紙、小さい折り畳み椅子を持って、山の景色や街並か、橋の上から川に映る木や花などよく描いて、あちこちに飾っていました（叔父の絵が新聞に掲載されたのを切り取ってたな。何枚かだけど今でも持っている。けど、私は絵に関しての才能や趣味はまったくダメ。あの頃、苦労した反面、いろいろと勉強したな）。

秋の風景を目に焼きつけたあとに、温泉にゆっくり入って、楽しい一日を過ごせました。


冬になって、寒い日も、大雪の日も、彩華は愛蘭が家に来ると病院へ出勤し、毎日の生活リズムが整い、多忙でも自分の中では安定感がありました。頭の中ではやはり、半分以上正看学校に行きたいという願いがありました。彩子と直樹を寝かせてから、窓のカーテンをそーっと開け、冬の夜空を見上げます。きらきらと星が輝き、彩華に「どんなに苦労しても、いつか正看学校に行けるチャンスが来るよ」とエールを送ってくれていると感じました。彩華は思わず夜空に向かって「ありがとう……」と言いました。

彩子と直樹、そのそばで友和が爆睡している最中に、彩華は机の小さい電気の下で、ひたすら勉強したのです。

友和の声がしました。「彩華、彩華！　朝。もう朝だよ」

「……あっ。えっ……」と飛び上がって、「おかしいな。目覚ましかけてたのに、なんで鳴らなかったの？」と聞きました。

「鳴ったよ！」

「本当？　鳴ったの？」

「うん。長く鳴ってたから止めたよ」

「そう。ありがとう」

朝の時間は彩華にとって一分でも貴重なので、台所に入って静かにドアを閉め、友和と彩華の弁当を作ります。子供たちの昼食は食材の用意だけして、母が作ります。

一方、彩麗夫婦は日本の習慣がまだわからないので、毎日のように美奈ちゃんを連れて彩華の家に来て、母から中国と日本の文化の違いや言葉などを教えてもらっていました。そのまま昼食は一緒に食べていました。

一九八八年二月。中国では一年の中で一番大切なお正月――春節（チェンジェ）です。とても賑わいます。爆竹の音が鳴り響き、高脚踊り（大人の身長ほどの高さの竹馬に乗り、華麗な衣服を着て、手品やダンスなど街の中で披露する)、勇壮な伝統獅子舞が出て、派手に盛り上がり、新年を祝います。各家の玄関の外側、上と両側には、赤紙にお正月の句を大きく書いて、家族の健康や豊年、事業の繁栄を祈るという春聯(チェンエン)を貼ります。

近年では大気汚染の悪化により、中国各都市で爆竹、花火を規制、制限する動きが強まっているから、大幅減少となっています。

二月のある日、彩華の家にみんなが集まり、昼食を賑やかに食べていました。

「日本に来てから、お正月にお参りに行くのも深い意味があってびっくりした。国が違うと、しきたりもこんなに違うね」と彩麗が言うと、愛蘭が答えます。

「そうよ。まだまだたくさん中国と異なるところがあるから、まあ、少しずつ慣れていかんとね」

と親子で子守りしながら話しているとき、彩麗の夫はそばでテレビを観賞し、言葉を覚えるようにしていました。そこへ彩華が帰りました。

「ただいま、今日なんか体がだるくて少し早いけど帰ったよ」

「どうしたの？　風邪でも引いたの？」

「今の寒さじゃ体調も崩しやすいよ」と彩麗も気遣います。

「病院にも風邪引きさんが多かったけね、うつったかも」

「夜ご飯は鍋にしようか。冷蔵庫に材料もちょうどあるから、作っとくよ、ゆっくり休んで」

「そうね。お願いね」

彩子が二月十二日に二歳になってから、保育園から帰ると、一番に直樹の顔を見て、姉ちゃんぶって遊んだり、お世話している姿が増えました。幼児はやはり幼児、ときどきおもちゃを取り合い、直樹を泣かせることもありました。

「彩華、今日帰らんから、今晩早く寝とかんとね」と母が言ってくれます。

「うん。熱がないから、ぐっすり寝たら良くなるよ」

友和がまだ帰宅しないので、彩華は彩子と直樹を母に任せて早寝しました。

翌朝になっても、彩華は全身がだるく、きついから病院に連絡し、休みをもらって午前中はゆっくり横になっていました。

午後に近くの二見内科医院で診察をしてもらうと、看護師が

「今のところは熱も出てないから、おそらく、仕事と家庭で疲れがたまったかもしれないね。でも念のために産婦人科に行ってみるのも一つの方法ね」と言います。

「そうじゃね」

「検査だけして、どうもなかったら、風邪薬を飲めるよ」

「ありがとうございました。行ってみます」

そのまま今までの産婦人科に行こうと思ったのですが、「もし本当にできちゃってたら、またも年子よ、恥ずかしい！」と考えながら、少し家から離れた安部産婦人科に行きました。

「確かにおめでただね！」と医師。

「えっ！　なんですって？」と本当にびっくりして、まごつきました。

彩華は少し重い気持ちでしたが、嬉しさもありました。さっそく母に知らせると、半べそをかいたふりをして、「こんなに早くできるのね。できやすいのかね？」と。

「正看に行きたいけね、どうせ最低三人産まんと行かしてくれないから、ちょうどいいよ」

「まあ、こうなった以上、子守りを頑張らないとね。孫はみんな可愛いよ、応援するから産みなさい！」

「ありがとう、謝々。想像以上に大変だけどお願いします、ばあちゃん！」

友和が帰宅後に妊娠したことを告げると大喜びでした。

それから、友和が残業で遅くなる日が多くなったのです。母も彩華の家に泊まる機会が多くなりました。彩華が思ったよりつわりは軽いため、職場では誰にも気づかれませんでした。

ある日、仕事を終わって更衣室で私服に着替えるとき、同僚の山口さんが急に彩華の耳元で「ねえ、最近太った？　それともできちゃった？」とにっこり笑って聞いてきたのです。

「えーと……えーと……なんかわかるの？」

「近頃、なんか後ろ姿が変よ。私に隠さずに言って。できていいじゃない。シスターたちも喜んでくれるよ！」

「もう〜。仕方がないね、実はできたの。しかも、三人とも年子になるから、ちょっと気になってねー、言いづらいよ」

「大丈夫よ。世間は世間よ、言わしときっ。別に悪いことじゃないよ」

山口さんの助言で、勇気を出してシスター橋田看護師長に報告しました。

橋田師長は「本当なの？」とびっくりした表情でした。

「今回つわりもそんなにないから、勤務上、迷惑をかけないように頑張りますから、よろしくお願いします！」

「彩華さんはまた、家族増えるから頼もしい。わかった。きついときに言うてね。勤務を考えとくね」

「はい！」

九月に入ると無事産休に入り、母はまた、軍治と一緒に仕事を始めました。彩華は臨月のお腹を抱えて、忙しくも満足感のある日々を過ごしていました。

九月二十八日の朝、友和を会社へ送り出して、彩子を保育園のバスに乗せてから、いつもの通りに直樹とゆっくりしました。直樹は一歳一カ月で、つたい歩きを始めようとしています。十畳の部屋で一人で立ち上がり、転げて、また立ち上がって……よだれをたらしながら繰り返し、ときどき彩華の顔を見て安心して、また歩く練習をしています。おもちゃにひっかかって、激しく転ぶと、座り込んで「わっ、わっー……」と大口を開けて泣きます。涙も鼻水もよだれも一緒になって、よだれ掛けや服に流れていきます。彩華はスイカを抱えているようなお腹もかまわずに幼い直樹を抱きしめ、「なお、よく頑張ったね。すごいよ！　痛かったね、痛いの痛いの飛んで行け～！　よし。もう痛くないよ……」と言いました。

昼食をとって、直樹を昼寝させ、彩華も少し横になろうと思ったときに、お腹が張ってきて、痛くなりました。（えっ？　お産予定日は十月下旬、まだ一カ月もあるよ。早いよ……）とお腹をさすりながら、お腹に向かって「もしもし、おりこうね。もう少しここにおりなさいね」と呼びかけ、自分を落ち着かせるようにしました。

しかし、徐々に陣痛の間隔になってきたのです。母に連絡して早く来てもらいました。友和の会社にも連絡したら、今日に限って運送先が遠方なので、帰宅するのが遅くなると言われ、「こうなったら、自分で運転して行くしかない」と言いながら、彩子と直樹のことを母に任せて、安部産婦人科へ出発しました。

築上郡築上町から勝山町の安部産婦人科医院まで、車なら三十分くらい。彩華が恐る恐る陣痛を気にしながら運転し、痛みが激しいときには車を路肩に寄せました。ハザードランプを点滅させ、自分の息を整えて、「ハッハッフー。ハッハッフー!」。数分で収まったらすぐに運転して……と陣痛と戦いながらだったので、結構時間がかかりました。安部産婦人科に着くと、玄関に看護師が心配して待っていました。

「電話があってから、だいぶ時間が経ったけね、大丈夫?」

「もう。……もう……産まれそう!」と限界でした。

「えっ! いきんだらだめよ!」

「……ハッハッフー。ハッハッフー!」と必死に呼吸を整えました。

別の看護師たちが急いでストレッチャーを持って来て、彩華を載せ、分娩準備室に入るものの、

「今、分娩室で一人産まれそうなので、ここで待ってください！」とのこと。

「……ハッハッフー。産まれる……」

助産師が慌てて内診すると「あっ！　子宮口もうほぼ全開に近い状態なので、急いでチエンジを！」とジェスチャーでみんなが分娩室と分娩準備室の産婦を入れ替えました。彩華を分娩台に移す途中で「もう赤ちゃんの頭が出かかってるよ、いきんだらだめよ、ハッハッフー……」

彩華は陣痛で大ピンチ。一九八八年九月二十八日の夕方に、予定日より一カ月早く「オギャー！　オギャー！」と産声を聞きました。

「……付いてくるべきものが付いてこなかった、付いてこなくてもいいものが付いてきた。早産したわりに丈夫な赤ちゃんですよ。おめでとうございます！」と安部医師。

その言葉の意味があまりよくわからないうちに、助産婦が赤ちゃんを彩華の胸に置き、ご対面となりました。

「さっき言うてたなぞを解けた？　髪の毛がなくて、活発な男の子ですよ」と医師は笑って説明しました。

「元気な赤ちゃん、何よりも嬉しい、ありがとうございました！」

病室の外から、車の音や人々の声が徐々に減っていった頃に、友和が彩子と直樹を連れて来院し、病室はあっというまにガヤガヤと賑やかになりました。産後は母子とも順調で、五日目に退院しました。

家族が増え、さらにハプニングの多い日々が始まりました。友和は、ツルピカ赤ちゃんの名を健康で丈夫な子に育つようにと、「健健」と付けました。

三人共に年子なので、安全確保のためにベビーベッドを買い、健健を寝かせるようにしました。健健が泣いていると、彩子も直樹もベビーベッドの方に行って様子を見て、彩子が健健の小さな手を触ります。直樹もマネして触りたいけど届かないから、健健の服を引っ張って……。大人の目がちょっと届かないときに、チビ二人であれこれすると、健健がベビーベッドの真ん中から斜めにずれてしまいます。健健にミルクを飲ませると、彩子も直樹もマネして、自分たちの哺乳瓶を持ってきます。オムツ交換するときにも、やはりマネして自分たちもしてほしいという具合……。

友和が帰宅後、家の状態を見て、「安部先生が三人とも年子とわかってから、けんかや取り合いっこするかもと、退院時に哺乳瓶を多めにくれて良かったね。そして、彩華のことを感心してたよ。子育て頑張れって！」と荷物を下ろしながら言いました。

翌一九八九年二月になって、恵美が結婚すると報告に来ました。

「姉ちゃんは毎日忙しいね。なかなかゆっくり話す機会もないままで。私、結婚することに決まったよ。それが……」

と、恵美は勤め先の有本歯科での出来事を語りました。普通であれば歯が痛くなったら、歯医者に行って、完治したら終了です。しかし、一人の患者が、最初は本当に歯の治療のために来院しましたが、無事治療が終わっても毎日のようになんらかの痛みがあると言って来院するというのです。ある日、恵美が突然早退したときは、治療室に入ったとたんに、恵美の姿がないことに気づき、すぐに帰ったといいます。何回か繰り返していたら、恵美に会うためだとわかりました。その後、一年の交際を経て、歯科の医師夫婦の仲人で二月十二日に結婚することに決まったとのこと。

彩華は喜び、久し振りに二人でゆっくり話すことができました。

「おめでとう！　その日は彩子の三歳のお誕生日よ」

恵美の結婚式の当日、彩子はピンクのレースのドレスを着て、恥ずかしがりながら、新郎新婦に花束を渡す姿は、なんとも可愛いものでした。

彩子が三歳、直樹が二歳、健健が一歳。三人の子宝に恵まれ、彩華は、婚家の人々の希望をかなえることができたので、思い切って四月から正看学校に行こうと思い、母に相談したのです。

「お母さんはあなたのためにどれだけ苦労しても助けたいけど、私、自分の子供もこんなに子守りしてなかったよ。今から三人、しかも年子を見るのは、したくても、自信がないよ。子供がある程度大きくなってから学校に行ったらいいじゃない。あなたの目標だけど、最優先はやはり円満な家庭を築いていくことよ。よく考え直して友ちゃんと相談して。今は、学校より家庭と仕事よ……」

彩華は、母が今まで通りずっと子守りをしてくれると信じていたけれど、母からそう言われて呆然としました。

それから、彩華も冷静になり、「媽媽の言う通りよ。今はこの家を守っていかなくちゃね。一人の目標より家族全員の幸せを目標にします」と考え直しました。

四月になって、愛蘭は自分なりに仕事を始めました。彩華はいったん正看学校を断念。三人を保育園に連れて行ってから仕事に行きます。仕事時間の関係で病院も行橋市内上垣脳神経外科医院に変わりました。

彩子と直樹は普通に喜んで登園するけれど、健健はまだ親離れの年齢ではなく、ギャン泣きして、彩華も涙を流しながら出勤します。東築城保育園と勤務先病院の間を運転しながら、涙を拭いても拭いても止まりません。

けれど、ちょうど中間の地点に来ると、(よし。ここから家庭や子供への思いを切り替えて勤務のことを考えたらいい)と心の整理整頓を心がけました。

歳月は風のように過ぎていきます。やがて、彩子がピカピカの一年生になりました。ランドセルを背負う笑顔の彩子を見て、大きく成長したなと嬉しく思いながら、彩華も初心に戻り、人生の一年生になったつもりで仕事に励んだのです。

病棟のスタッフが少なく、一日一日の流れはその日のスタッフたちのチームワークが良くないと順調に終わりません。最低限、カルテの記録を終わらせないと帰れないという状況もしばしばありました。

ある日、病棟回診の際に上垣院長が彩華に「この患者さん、いつから走り出したの?」と聞きました。彩華は「はいっ?」とちんぷんかんぷん。

院長がそーっとカルテを彩華の前に提示し、「この患者は交通事故で搬送され入院した。今の段階はやっと端座位になって保持できるけど、看護記録には『走』と漢字であったから……」

「アッ、今この方はリハビリにて努力して、調子が良いときに一歩ずつ歩き始めました。漢字が違ってすみません」

院長は大笑いして、「ぼくも大学時代に中国の漢字に興味があって、少し勉強したけど漢字は難しいね！」

確かに日中で漢字が同じでも、意味が違うものもあります。日本に来てまもなくの頃に、みんなとレストランに行き、彩華が「湯」と紙に書いて注文すると、すぐに湯のみに「白湯」を入れて丁寧に持ってきました。そのとき、彩華はスープがこんなに早くできるなんてとびっくりして、さすが日本のシェフは素晴らしいと思ったけど、「お白湯」でみんなが呆然としたものです。湯は日本語では「白湯」で、中国語では「スープ」です。走は、日本語は「はしる」、中国語は「あるく」なのです。

彩華の話に、院長は「なるほどね！」と一言。その後、回診終了後にしばらく別のスタッフとみんなで日中両国の生活環境や習慣について不思議に思うことを話し合い、盛り上がりました。

彩子が小学校に入学してから、帰宅後に大人が誰もいないので、親子の間の連絡ノートを作りました。彩子が帰宅後に冷蔵庫にある飲み物とおやつをわかるように書いていましたが、小学校高学年になったら、いつも連絡ノートに彩華の書き間違いを赤ペンで書き直してくれたのです。そのとき、（私の日本語のレベルは子供より低い）と痛感しました。

彩子は、ノートに間違いがなかったときは、花丸を赤ペンで書いてくれました。やがて直樹も健健も小学校に上がり、連絡ノートも増えて、同じく間違ったところを赤ペンできちんと書き直してくれます。純日本人ならば当然このような間違いがあるわけない……彩華は子供の成長が心から嬉しく思ったのです。けれど、その反面、心の奥に「やはりこの惨めな自分は、外見からは誰も知るはずはない。私も普通の日本人だったらな……」と思うのでした。

仕事と家庭での日本語の壁を実感するとき、心が深く傷つきます。夜、家族が寝てからの日本語の勉強は続いていました。

（中国の父と日本の母との子で、誇りを持たなくちゃ。そして、どんな夜でも、きっと明るい朝が来る。心にどんな苦痛があっても、明るい家族の笑顔があるから大丈夫。これからも幸せが続きますように。人生って本当に一幅の画のように山があって、谷があるな……）と思う彩華でした。

## 三　本家を建て直す

毎年、台風におそわれる日本列島。一九九一年九月には、九州に台風十九号が上陸し、強い勢力で暴風や大雨で広範囲に大きな被害をもたらしました。

あの日、台風の警報があったために、彩華たちはいつもより早めに食事を終えました。その日はよりによって健健の誕生日だったのです。友和がケーキを買ってきて、主役の健健がフーフッ！　とロウソクの火を吹き消した瞬間、何かが飛んできたのか、リビングの窓ガラスがパーンと割れたのです。ものすごい風雨と共に木の葉なども室内に入り込んで、全員パニック。幸い、奥の部屋に走って逃げたので、二人が軽い打ち身ですみました。

それから、十畳の部屋に移動し、結婚式に使った大きなロウソクをつけ、お菓子をケーキの替わりに、台風に負けないように元気を出して「ハッピーバースデートゥユー……」と、健健の誕生日の祝ったのです。

一夜明けて、彩華は友和と二人で家の見まわりをしたところ、家の中は六畳の部屋の天井の一部が落ちかかっています。倉庫にあった大きな木材を一本持ってきて、これ以上天井が落ちないように支えにしました。

リビングはめちゃくちゃです。県道を挟んで向かいの家の車庫の天井が、家にふっ飛んできたのです。車庫の窓ガラスは一部が割れ、車の上に落ちていました。さらに二階に上って見わたすと、瓦がほとんどがふっ飛んでいて、あたり一面、哀れな光景が広がっていました。

子供を起こして、顔と手足を洗おうとしましたが、水が出ません。停電？　と考えたものの、はっきりわからない。

昨日はご飯をいつもより多く炊いていたので、警報が出てから、おにぎりをつくっておいたのです。家族五人、苦笑しながら、そのおにぎりを朝食として食べました。

昼になっても、停電したまま。電話もつながらず、当時、携帯はなかったので、どんな状況になっているのかまったくわかりません。

非常事態でしたから、友和も彩華も出勤せず、台風の後片付けをしながら、被害部分を写真に撮っておきます。子供たちも、学校は休みで自宅待機となりました。

数日後、役場の給水車がやってくるとの放送があり、子供がありったけの容器を持って外に出てみると、近所のみんながペットボトルやポリ容器を持って並んでいます。

彩子は「こんな体験、したことがない。自然学習だね」と言いますし、直樹はやっぱり男の子なだけあって、非日常的な体験に「なんかキャンプをしているみたいだなあ、楽しいなあ」と言いながら水を運び、健健もわけがわからないながらも、直樹の後ろについて回ります。

大人は毎日、これからのことを考えて眉間にシワ寄せてばかり。でも、子供たちの会話を聞いていた彩華は（子供って幼稚だけども、純粋で、なんて可愛くて癒されるんやろうね！）と、自然に思えてきたのです。

「じゃあ、電気が来るまで、みんなで楽しくキャンプしようね！」と、彩華は子供たちと一緒になって笑いました。不便な生活の中ではありましたが、このときの体験は、生活について原点からものを考える出来事でもありました。

生活用水は井戸水を使っていましたが、ひもで吊り上げてどうにかまかないましたし、日があるうちに家事をすませるために、しばらく早寝早起きをしていました。

約二週間後、電気がやっと来たのでさっそくテレビをつけます。ニュースでは、九州の台風被害を空から撮影していたのですが、多くの屋根にブルーシートがかけられている様子が映し出されていました。電気が来たおかげで、家の中が明るくなり、家族みんなの顔も明るく笑顔が戻ってきます。小学校や保育園、会社も再開されました。

ある日、台風で破損した箇所の写真を見せて保険会社に相談したのですが、今までこのよう被害がなかったこと、そして自然災害だったために保険金が下りません。しかし、雨漏りで畳が傷んでしまったうえ、踏むと床板がギシギシ音がします。天井も、このままでは落下する危険がありました。

そこで友和と相談し、本家を建て直すことを決意したのです。友和の兄弟たちにも相談したところ、みんなが賛成してくれました。こうして専門業者に依頼して、古い家を崩して更地にし、大安の日の午前中、地鎮祭を執り行いました。

新しい家について、彩華には一つアイデアがありました。

雨の日には、子供たちが遊ぶ場所がありません。また、彩華は昔から卓球が好きだったのですが、近くに卓球を楽しめる所がありませんでした。そこで「自宅に卓球台があったらいいな……」と、彩華は卓球台を置く場所をとった家の図面を描き、友和と大工さんに相談してみたのです。

皆、彩華のアイデアに大いにうけ、卓球台のある家を建てる方向で何回も打ち合わせを重ねました。


翌年、本家の再建が始まります。

まずは上棟式です。彩華はこの行事にとても興味津々で楽しみにしていました。おじさんの家を借りて、紅白もちをたくさん作り、紅白を一組にして小袋に入れます。

新しい家は県道ぞいにあるので、多くの人がやってくるはず。そこで、たくさんのお菓子、家の主人の年の数の小銭も用意しました。

当日はよく晴れた日でした。儀式のあと、友和、直樹、健健、そして親戚の男の子たちが屋根に登って、用意していたおもちなどを投げる。下にいる人たちは買物袋を広げて、投げられた物をキャッチしたり、拾ったりして入れていきます。

　これは、この地区だけの伝統なのかもしれませんが、家の柱に多めのもちをもし拾ったら、先々に家を建てる相があるということでした。

「キャーッ」とか「わーっ！」と叫んで、あたり一面とても賑やかです。もちやお菓子をたくさん手に入れようと、みんな必死です。彩華はもちろん、愛蘭、球江……みんな一緒になって、もちを拾っていました。遠慮していたら上手にキャッチできませんし、拾うのも難しい。とにかく頭を上げないと前が見えない、だけど、頭を上げたとたん、上から物が頭に落ちてきて痛い目にあう。そんな状況ですから、もちやお菓子をたくさん手に入れようとすればするほど、体力が奪われます。肩で息をする人もいるくらいでした。

　でも、みんなが満面の笑顔。彩華たちにとっても、とても楽しい経験でした。

　この上棟式は、もしかして日本だけの風習かもしれません。でも、これから家を新築するときに、このような儀式を行って、みんなを幸せな笑顔にしたい、故郷中国の人々にも日本のこの良い儀式を伝えて、みんなの幸せな笑顔を見たい！　彩華はそう思ったのでした。

## 四　卓球ができる家

工事は順調に進みます。そして彩華の毎日も順調でした。

彩子が家事をしたがるので、小さな椅子を踏み台にして手伝いをしてもらうことにしたのです。これが、とても助かったのです。

夕食にご飯の準備ができていなかったら、米を洗って炊いてくれました。最初は水加減の要領がわからなかったので、硬かったり軟らかかったりはありましたが、徐々に彩華より美味しいご飯を炊けるようになりました。洗濯物も入れてくれるようになりました。

一方、友和も「家計のために」と残業をする日が増えました。

日曜日には、二、三日分のメニューを考えてから、家族で買い出しです。隣町のスーパーに行くと決めたら、「ゴーッ！　ゴーッ！」と笑顔で合図。日頃、家に面倒を見てくれる人が誰もいなくても、子供たちはきちんと留守番ができるうえ、家のお手伝いまでしてくれます。ですから、買い物に行くときには、ご褒美として、好きなお菓子を買ってあげました。子供たちは、和気あいあい。それぞれに買ってもらったお菓子を自慢し合います。

春になれば、桜はもちろん、野原には小さな可愛い花が満開。畑にいろいろな野菜の芽が出て、みずみずしい風景に、みんなとてもウキウキした気分になります。

その頃、我が家が完成したのです。瓦はチョコレート色、外壁はクリームピンク。屋内の壁、カーテンの色も、みんなで相談して決めました。

引っ越しはあっという間に完了です。

それまで約六カ月間、狭い部屋の中で生活をしていたのが、新しい家ではみんなそれぞれの部屋があるのです。しばらく、みんな部屋の整理整頓、飾りつけなどに夢中でした。

ただ、友和は毎日残業で帰りが遅いので、家の中のことをやるのは、ほとんど彩華と子供たちです。休みになると、部屋での家具をあれこれと動かし、足りないものを注文したり、買い足したり。

彩華が一番嬉しかったのは、家庭用の卓球台セットの注文。なんといっても卓球ができるように廊下を広く設計してもらったのですから。

新しい家は住み心地がよくて、子供たちが帰ってくるのも早くなりました。前の家では鍵を掛けたことがありませんでしたが引っ越してからは各自が家の鍵を持つようになり、新しい家について友達にも自慢していたようです。


梅雨に入りました。

子供たちがそれぞれ友達に「家で卓球ができるよ」と言ったので、友達みんなが卓球をしに、家にやってきました。最初は簡単なラリーを楽しんでいた子供たちでしたが、しまいには点数をつけて、勝負をするようになったのです。

放課後には道草はせずに、まっすぐに帰宅し家で卓球。汗を流して、充実した時間を過ごします。玄関には、十八センチから二十七センチと、大小さまざまな靴が並びます。彩華の靴のサイズは二十二センチ。ときどき、冗談で大きい靴を履いてみたら、まるで靴が船のようで、それを見た子供たちは大爆笑。

そんな楽しい時間でしたが、友達のお家の方が心配しないように、毎日夕方五時から五時半には帰すようにしたものです。

七月の下旬に行われた学校の三者面談では、友達のご両親から口々に、

「最近、子供たちが放課後、帰ってすぐに宿題を終わらせると直樹の家で卓球をしていたから、とても助かります。それまでは、家でいつもゲーム。目が悪くなってもゲームを止めないので、本気で怒ってばかりでした。いつもありがとうございます」

「前は、ゲームなどして夜更かし、最近は卓球して、体力的にちょうどいい感じ、夜も早く寝るようになった」

と、笑顔で言ってくれたのです。

彩華は「卓球ができる家の設計にして成功した。良かった！」と、とても嬉しく思ったのでした。

長い夏休みに入り、彩華たちにできた新習慣。それは我が家のスター、ジョンによって生まれました。

新しい家に引っ越し、何か記念になることをしようとみんなで計画していました。まず、さくらんぼの木を植えました。そして、「一〇一匹ワンちゃん」の映画に出てくるようなダルメシアンのワンちゃんを飼うことになったのです。

家族五人、数軒のペットショップをのぞいたのですが、ダルメシアンは大型犬で、しかも販売頭数は少ないために予約が必要です。そのうえ血統書つきなので、しつけや飼い方など難しい。そこで、雑種ではありましたが、生まれたばかりのジョンという赤ちゃん犬を買って帰ったのです。

その日から、ジョンは家族の一員として大人気。毛がフサフサで大きな目。一、二歩歩いたら、どっでーんとこける……、とても愛らしいものでした。毎日、面倒を見る担当を決めて、しつけなどを順番に行いました。

ジョンは日々大きくなっていきましたが、気がつくと、彩華がえさをやるときだけ、

「待て」「お手」「おかわり」などの号令にまったく応じてくれません。

「お手」という仕草は、彩華以外はみんな上手にできたのですが、彩華がジョンの正面に立って「お手」と言うと、一応右前足を彩華の手の上に載せはします。けれど、載せたとたんに顔を「あっち向いてホイ」と言わんばかりに、右か左に方に向けてしまうのです。でも、えさだけきちんと食べる。

それを見て、彩子が大笑いしながら「ジョンも飼い主の好き嫌いがはっきりしているよ。上下関係が崩れたら、変な態度になる。おかんはジョンより下って認識してしまったかもね」と言うのです。

それから、散歩をさせるときも、ジョンは彩華より先に歩いたり走ったり。とにかく彩華に対して高慢な態度を取るのです。そこで、この夏休みから、彩華はジョンの面倒を子供たちに任せることにしたのでした。

彩子が〈犬の世話〉〈洗濯物入れ〉〈洗濯物たたみ〉〈お風呂掃除〉など当番表を作って冷蔵庫に貼ったところ、家事がスムーズに片付くようになり、彩華は何にも言うことはありませんでした。

# 第四章　離婚

## 一　夫の告白

三人の子供たちはぐんぐん成長し、やがて中学生になりました、三人とも登校拒否もせずいじめなどにもあわず、順調に誠実な人間に育っていきました。

そして、さらに月日が過ぎ、彩子が高校三年生になったときのことです。進学について友和に相談したくても、いつも帰りが遅いので、彩華はある日、「残業しないで、早く帰るように」と会社に電話したところ、「おたくのご主人友和さんは残業なんかしてないですよ」と、電話に出た人から言われたのです。

それを聞いた彩華は、受話器を持ったまま、手も口も動かせなくなってしまいました。しばらくして「えっー！　どういうこと？　今まで残業ばっかりと信じてたよ。じゃあ、主人は仕事のあと、何をしてたのかね？」と思い、慌てて「すみませんでした！」と電話を切ったのです。

しかし、友和に問いただせないまま、数日が過ぎ、スーパーで買い物をしたときに、彩華はある店員さんから「お客様はいつもたくさん買い物をしているから、カードがあったらポイントがたまってお得ですよ」と言われました。彩華が「実はポイントカードをなくしてしまって」と言うと、店員さんは親切に調べてくれて、その結果、「……誰かがそのカードを現在も使用されています。しかも五十万円借りています……」と言ったのです。

彩華の足から力が抜けて震え出しました。顔も青くなって、「なん、なんですって？……」とまともにしゃべれなくなってしまいました。歯を噛みしめて、かろうじて車を運転したものの、帰宅後、急いで別のお店のカードを探しました。しかし、見つかりません。

そこで、家族旅行のための五十万を入れた貯金箱を確認したところ、空っぽになっています。さらに三人の子供たちそれぞれの名義で貯めていた貯金通帳も探しました。これは、子供たちが赤ちゃんのときから今日まで、親戚たちからもらったお年玉を預けていたものでした。将来、困ったときに役立てよう、何もなければ子供たちが大きくなったときに渡して、びっくりさせようと、彩華は楽しみにしていたのです。

しかし、家中探しても、通帳を見つけることはできませんでした……。

ある晩、友和が帰宅するのを待ち、子供たちがいない部屋で話し合うことにしました。

最初は冷静に、カード、子供たちの通帳などのことについて尋ねましたが、返事はまったくありません。でも、子供たちのことがあるから短気を起こしてはならないと涙をのみ、次の日にも友和に確認します。しかしやはり無反応。

子供たちが家にいないとき、彩華はとうとう「わっー！」と泣きだしてしまいました。

泣いても、泣いても、悔し涙が止まりません。

「家を建て直して、両親の法事のときには親戚たちや兄弟たちがほめてくれて、子育てや学校の教育なども順調で、ただ毎日みんなが健康で生活ができて、それでも幸せと思ってたのに！　まさか！　信じられない借金ができてしまう！　なんてこった‼」

何かの悪夢を見ているように感じました。夜、数百万円の借金のことを思い出すと、涙が止まりません。

こんな暗い夜でも、明るい朝が来るかな……。

彩華は考えて、考えて……。

三人の子宝があるから、きっと明るい朝が来る。

そう頭を切り替えました。

翌日、愛蘭と軍治に相談しようかと考えましたが、いや友和の借金のことだから、友和の兄弟に相談しにいくしかない。そう考え、彩華は勇気を出して、まず、いつも子供を可愛がってくれている友和姉を訪ねました。

最初は友和の肩を持ち、彩華の話を信じてくれませんでしたが、徐々にギャンブルで彩華のカードまで使ってお金を借り、さらに悪いことに子供たちのための貯金まで使い込んだとわかり、さっそく友和の兄弟たちと親族会議が開かれたのです。みんなが、友和は何でギャンブルをしていたのかと、それぞれ意見を言い、一応の結論が出ました。一九九二から一九九三年頃、椎田バイパス道路を造るときに、予定地が家の田んぼにもかかって数千万円もの大金をもらっていたのでした。人は大金を持つと豹変してしまう……、まさか、我が家もそのようになるとは……。友和は、いつも残業と言っていましたが、それは誰も予想もしていなかった、恐ろしいギャンブル通いだったのです。

そこで一回目の借金はみんなにお金を融通してもらい返すことができました。

数カ月後、友和が毎日、勤めを終えたあとにお店が閉まるまでギャンブルをしていたことが勤め先の運送会社に発覚してしまい、友和は会社を辞めました。

彩華は子供たちにはもちろん、職場でも友和がギャンブルをして借金を作ったことを言わないようにしていましたが、子供たちは気づいているようでした。

あんなに笑顔で食卓を囲んで団らんしていたのに。彩華にとってゆううつな毎日でした。

## 二　彩子の短期留学、息子の決断

彩子は、東京にある日中学院に進学しました。

「小さい頃から、おかんの中国語混ざりの日本語を聞き慣れて、大きくなったら、通訳の道に進むとずっと思っていたから。いいかね？」

そう言いながら、事前に調べていた資料を彩華に見せてくれました。

結局、親子でゆっくりと話し合うことをしないまま、彩子は三月に高校を卒業。四月から学校の近くに１ＤＫのマンションを借りて学生生活を始めました。家賃は彩華が払い、生活費は彩子が放課後にバイトして稼ぐ。そうやって、どうにか生活が回るようになったのです。彩子は二年生になると北京大学に短期留学をしたのですが、彩華は、金銭面で余裕があったら、自分も北京まで様子を見に行きたかったと残念に思うのでした。

一方、直樹は小さい頃から、小児喘息のような症状がときどき出ていたために病院によくかかっていました。その経験からか、看護師を目指し、見事に小倉看護学校に合格したのです。

友和が仕事を辞め、新しい仕事を見つけるまで、彩華はどんなことがあっても、必ず仕事に行っていました。そして彩華が勤めている病院も透析を中心に行う病院にかわりました。仕事に馴れないうちは「その日の勤務が無事で終わればすべてよし」という考えでした。でも、顔見知りの患者さんが増え、コミュニケーションが深まっていくうちに、次第に透析というものに対して関心が高まっていきました。

患者さんは週三回、透析のために来院します。そうした患者さんたちが、自分たちのほうが病気であるにもかかわらず、逆に彩華を励ましてくれたときもありました。そのため出勤したくないときも、患者さんの「またね！　また会いに来るからね！」という言葉を思い出して仕事に出かけたのでした。

数カ月間、熱が続いたことがありました。それでも彩華は休まず、出勤し続けます。解熱剤を飲んでも熱はなかなか下がらないため検査をしたところ、肺炎と診断されたのです。治療を開始しても、徐々に体調がおかしくなっていくのを感じ、再度検査すると、今度は右肺上葉に穴が開いているのが見つかりました。

医師から「すぐに手術しなければいけない状態です。今から入院してください！」と言われ、すぐに入院、手術を受けました。

彩華がいなくなったために、友和は彩華から渡されていた生活費を、おそらく自分で使ってしまったのでしょう。直樹と健健に対しては食事を作ったり作らなかったり……。

彩華が退院した日、直樹は「この家にいればいれるほど、みんなが大変なことになる。一刻も早くここを出よう」と言い出しました。

しかし、彩華は手術してまだ間がなく、ことに右手がうまく動きません。車の運転もうまくできない状態でしたから、とりあえず友達のおばさんが不動産屋さんをしているので、そのつてをたどって行橋市に家を借りたのです。そして、取るもの取りあえず、身一つで引っ越し、翌日に再び必要な品を取りに行くと、なんと友和は家の鍵をすべて入れ換えていたのです。

「しまった、なんてこった！」

彩華が普段使っているカバンはもちろん、財布も保険証も家の中にあるのです。でも、一番悔しいのは健健の高校の教科書はまだ全部持ち出してなかったことでした。

「健健、直樹お兄ちゃんと一緒に、必要な荷物を取りに行って！　あなたたちだけなら、家を開けてくれるはず、お母さんがいないからきっと開けてくれるさ」

そう言って、二人を行かせたのですが、健健が泣きべそをかきながら「開けてくれんやったよ」と、とても悲しい表情で帰ってきました。直樹は「とても優しいおやじだったのに、おかしくなっていた。こうなったら、もう俺たちは前へ向いて歩いて行こう！」と決心したように言います。でも、彩華は諦めきれません。

「婚約したときに仲人のおばさんがつくってくれた着物七枚、それを一枚も持ち出してないよ。彩子の七五三の着物も高かった。それに直樹と健健の七五三衣装も箪笥に入ったままよ……」

直樹が「あの家はもう火事で焼けたと思おう。もう何にもないよ！」と遮ります。

「まだまだ、たくさんの物が……」と思うのですが、右肺の手術の跡が痛く、右手もうまく動かせない彩華には何もできません。あまりの悔しさに、言葉を失いました。

そんな彩華に、直樹は言葉をかけたのです。

「姉ちゃんも遠方で一人で頑張っている。俺たちは三人もいるんだから心強いよ、おかん！　俺について来い！　ゼロからスタートすれば大丈夫！」

彩華は驚いて、直樹を見上げました。

手術するまでは毎日、仕事と家事ばかりで忙しく、子供たちには食べさせることしか考えられなかった。知らないうちに立派に成長した！　さすが我が子！　昔は、子供が親の後ろについていったものだったのに、今は逆になったね。親が子供についていく――よし！　めそめそせんとこう！　保険証、免許証などは更新手続きをとればいい。息子の言葉を信じ、意地でも本家を振り向くまい。彩華はそう決めました。

## 三　離婚成立

築上郡築上町から出て、行橋市に直樹、健健との三人の生活が始まりました。

健健は担任の先生に事情を話し、新しい教科書をもらうことができました。これまでの家からは高校まで近かったので、自転車通学をしていましたが、引っ越してからは定期を買って電車通学です。

直樹は看護学校まで車で通い、放課後には家計と学費を得るために、バイトをすることになりました。

右肺手術の後遺症で、彩華の右手は思ったように動きません。料理をはじめとした家事がこれまでのようにできず、時間もかかってしまいます。

毎日、夕日が沈む頃、気持ちは夜空より暗く、胸も詰まりそうでした。夜は空を見上げ、「天国の世文パパ。どうか、遠い中国から見守ってくださいね！」と祈ります。

そして「北京の学進は、今頃何をしているかな？　離れても同じ空の下で生きているから、どんな暗い夜でも、いつかにきっと明るい空の下で会えますように！」と思うのでした。

これからどうなるだろうと迷う日々のなか、彩子が東京から一時的に帰省してきました。

「九月二日から北京大学に入学することになって、学生寮も決まったの。入学費も一部払った。大学に入学する前に、おかんの身の回りの世話をするから、安心してね！」

それを聞き、彩華はとても嬉しく思いました。子供たちに支えられ、彩華の右手の動きも少しずつ良くなって、肩より上にあげられるようにもなりました。

愛蘭は心配して、ときどき彩華の家まで様子を見に来てくれました。でも、彩子が北京大学に留学すると聞いて反対したのです。

「彩子が通訳になるというのは、そりゃあ立派な夢よ。でも、その夢を実現するにも、親のサポートが必要よ。今は、その一家を支える柱が倒れかかっている状況。

それにテレビの国際ニュースでは、ときどき北京での反日デモがある。戦争にまでは発展させない、口では何でも言えるけど、実際には何にも保障がない。留学なんてやめて、日本の国内で仕事をしなさい。そのほうが、安心だし、彩華も助かるよ」

彩華は黙っていました。しかし、それを聞いた彩子は納得して、留学を諦めたのです。

こうして、彩子も加わって、彩華と子供三人での生活が始まりました。

一方、婚家の親戚たちからは、友和が借金を繰り返す危険があるということで、きちんと離婚をするよう勧められました。しかし、当の友和が、彩華とまったく会おうとしないのです。無料の弁護士相談に行って、家庭裁判所に離婚手続きを申請しましたが、友和は一回目からずっと出廷しないまま。それでも、ついに離婚は成立したのです。

彩華は、待ちに待った健健の高校卒業式に出席しました。大きな講堂で思わず深呼吸して、「子供たちがいろいろと強さと勇気をくれたからこそ、最後の卒業式を無事に迎えられたな」と、今までのことを思い出しました。涙が自然に流れます。悲しい涙、悔しい涙、嬉しい涙、そして感動する涙……

その健健は、四月から自分の意志でパティシエ学校に通い始めました。彩華も心の整理がつき、一歩一歩と少しずつ前へ進む気持ちとなった頃に、彩子が福岡に勤めを見つけ家を出ることになりました。

「おかんはもう大丈夫。私も新しい仕事をしながら、自分の道を見つけるよ」

# 第五章　三十六年目の再会

## 一　仕事に専念

三人の子供は、それぞれ自分の道を歩いていきます。彩華もこれからは仕事に専念しようと気持ちを切り替えました。

医療は進歩していますから、これからは紙のカルテから電子カルテへと切り替わるはず。そのためにはまずパソコンを使えるようにしようと、パソコン教室に入学しました。ワープロソフト「ワード」を操作するのですが、彩華にとってはひらがなを入力して漢字に変換するのが難しい。「あいうえお」の発音が正しくないため、思ったより漢字の変換もできないのです。

例えば、

元気→「げんき」が正解だけど、いつも「ぎんき」としてしまう

冷蔵庫→「れいぞうこ」だけど、いつも「ねいぞうこ」

練習→「れんしゅう」だけど、いつも「ねんしゅう」と、ワープロソフトはなかなか使いこなせなかったのですが、表計算ソフトの「エクセル」は三級に合格できました。

医療現場は厳しいものでしたが、ある日、懇親会が開かれました。仕事をしているときとは違う、リラックスした空気の中、みんな満面の笑顔。料理を食べながら、仕事のことや家庭のことなどをワシャワシャと賑やかにおしゃべりしていました。

治美さんが、

「高（彩華）ちゃん、悩んだときのためにも、やはり生活の中では相方が必要よ。新しい恋を紹介しようか！」

と言ってくれます。そこに、しのぶさんが「私、離婚してから、良いパートナーとめぐりあって、今毎日生活がやり甲斐があって楽しいよ！」と言います。

溝さんは「私なんか、もう老夫婦みたいな二人よ、まあ、寂しくなくていいよ！」と言い、

「これからどんどん年を取って行くけね、一人より二人で生活した方がいいよ、理想のタイプは？」

と、輝美さんが聞いてくれますが、彩華は、
「みんな！　ありがとう！　今、しばらく仕事に専念にしたいな！　また連絡するね」
と言うのが精いっぱい。楽しい食事会は、とりあえずお開きとなりました。

実際、空白の日々はあっという間に終わりました。
愛蘭は、健康なうちはと一生懸命に働いていましたし、彩子は福岡市で自分の好きな仕事をしています。直樹は、看護学生としての実習期間がもう少しで終了、卒業目前でしたし、健健はパティシエ学校通学中。

彩華も仕事をしているうちに、もっと医療方面の技術を身につけたい、仕事の能力を向上させたい、でも、何がいいだろうと迷っていたところ、女医から「フットケア指導士」をすすめられたのです。

フットケアについて書かれた、ぶ厚いテキスト二冊があります。実は彩華は最初、まったくやる気が起きませんでした。

今まで看護の仕事をして、患者さんが苦痛を抱えて来院し、透析治療を受け、苦痛が緩和され気分も良くなって、笑顔で帰宅される。患者さんの笑顔は、ナースにとって一番嬉しいもの。やり甲斐がある仕事と実感できる。

それなのに、今からたかが足か！　たかが足について勉強するのか！

そう思ったら、気が重くなったのです。

けれどある日、思い切りわざと自分の片足の爪を深く切りました。数日間、そのままにしておいたところ、痛みがひどくなり歩くのもつらい。

そこでフットケアのテキストを広げて、深爪について書かれたところをノートに写して勉強してみました。しばらくすると、本の通りに深爪が治り、痛みも消えたのです。

それから、毎日時間があったらテキストを開いて勉強するようにしました。暗記事項はメモ用紙などに書いて、家の中のあっちこっちの壁に貼り、理解できるまで頭にたたきこみます。

透析の患者さんは、通院年数が長くなればなるほど、全身にさまざまな合併症が出現します。そうした合併症への対症療法を行いながらも、透析のために来院されます。

大半の患者さんを見ていると、足について自覚もなければ無関心。でも、足に病変が起きて痛みで歩行困難になって、やっと足の大切さに理解がおよぶのです。

それを見て、彩華は「フットケアについてもっと勉強して、足の病変に困っている患者さんの痛みを緩和できるように頑張ろう！」と、同僚と一緒にフットケア指導士の資格を取るための勉強に本腰を入れたのでした。

透析室で看護師は、患者さんが透析治療を受ける間に三十分から一時間間隔に血圧測定、一般状態などを経過観察し、コミュニケーションを取ります。開始から終わるまで無事に行い、円滑に透析するのが理想です。

ある朝、透析室に入ると、看護部長が「なんか変なにおいがするね」とにおいをかぎながら言います。

「あっごめん！　もしかして、私かも。おとこをつけているから、朝混ぜて来た」

と、彩華が答えると、

「えっ！　おとこつけてきた？　だんなをつけてどうする？」

と、看護部長は笑いをこらえながら言います。そばにいる看護師たちはすでに笑っていました。彩華はなぜ、看護部長が笑いそうなのかがわかりません。眉間にシワを寄せて「……な、なに？」と頭をひねります。

看護師長が「あのね！　高橋さんが言いたかったのは漬物のことでしょう！　それなら床漬(とこづ)けよ」と教えてくれました。

「あー！　そうそう、床漬けよ、日本語は丁寧語なら、なんでも『お』を頭に付けたらいいと思ったよ」

また、ある日のこと。透析室にかかってきた電話を彩華が取りました。

「部長、院長からの直げき電話です」

看護部長は「えっ？　院長からの直撃電話？　台風じゃあるまいし……」と言いながら、

「電話の場合は『直接』」と、早口で教えてくれました。

「はい！　すみません、直接電話です」

部長は院長との電話を終わったあと、「日本生まれでも言葉は難しい。外国人にとってはもっと難しいけれど、たくさんしゃべって覚えるしかないね」と、笑いながら言ってくれました。

「はい！　ありがとうございました」

さらにまたある日のこと。出勤したときには曇り空だったのですが、透析室で仕事をしていると、突然、大きな雷と共に雨が激しく降ってきたのです。彩華は空を見て、

「え～!!　夕方に突然雨が降ってたらー夕立。けど今は朝なのに。じゃー、朝立かね……」

と何げなく言うと、透析の患者さんやスタッフたちが大笑いをしたのです。

彩華が莫名其妙（モーミンチーミアオ）、わけがわからない、奇妙な雰囲気だと思いました。

ちょうど透析患者さんの迎送バスの運転士が通りかかって、「今の言葉は大きな声で言

うもんじゃないよ、しかも女性の口から出る言葉じゃないよ」と言いながら「確かに雨の場合、夕立はあるけど、朝立はないね、それはまったく違う意味ですね……」と、みんなと同じく笑いながら説明してくれたのでした。

彩華は、「今の職場での仕事はとてもやり甲斐がある仕事だ」と思い続けていました。

院長は年輩だけど、年齢を感じないくらいで、〝行橋～別府100キロウォーク〟に何年も続けて参加していました。この100キロウォークは、福岡県行橋市から出発し、国道十号線を主に使って、大分県別府市まで歩く大会で、「こころの遠足」とも呼ばれています。病院からは、院長以外にも数名参加しています。

女医の先生は診察、検査など多忙な日々。医療の進歩に合わせ、スタッフには透析技術認定士、フットケア指導士など必要な資格を取得させてくれるのです。

おかげで彩華は、他人より数倍の時間をかけて猛烈に独学して、透析技術認定士とフットケア指導士の資格を取得することができました。これからも、患者とコミュニケーションをとって、皆様が理想的な透析ができるようにしたい。患者さんが、自分たちの足についてきちんと自己管理し、私も足に病変が起きないように指導し、二人三脚で有意義な人生の道を自分の足で歩いていけるお手伝いをしたい！　そう考えるようになりました。

そして、彩華は、ひそかにこうも考えていました。

これから、どんな夜でも、きっと朝が来る、どんな状況であっても、きっといつかに学進と会えるように！

## 二　偶然の出会い

二〇一四年十月。

愛蘭から誘われ、彩華は福岡日中友好ふれあい交流会が主催する飯塚市の餃子パーティーに参加しました。その日は、大勢が参加し、六、七人のグループに分かれて、皮から作る餃子と何品かの料理の作り方を学ぶというものでした。各グループでは、皮を作る人と餃子の中身を作る人とに分かれています。愛蘭と彩華は、ほぼ一緒に行動しました。

中国では餃子を皮から作るのが普通です。北方と南方の作り方は違い、呼び方も変わります。彩華は南方（湖北省）に生まれ育ったので、餃子を「包面（パアオミエン）」「水餃（シウイヂィアオ）」と呼びます。皮は約六センチ四方の正方形です。

今、日本で多く知られているのは北方の餃子です。北方には戦前、日本からの移住者が多く住んでいましたが、その人々が戦後、帰国したときに餃子の作り方が日本に伝わったのです。

交流会では、彩華は餃子に興味津々、参加者と和気あいあい。みんな満面の笑顔で、日本語と中国語でガヤガヤと賑やかに交流していました（そのとき、NHKから彩華は取材されました。夕方のニュースで放送されたのですが、それを見た院長から、次の日に「あのようにしゃべれたら、たいしたもん」と、ほめてもらえました）。

やがて、お昼になり、長い机に自分たちが友好の手で作った餃子などを並べます。そして小さい子から年輩の人までが同じテーブルでおしゃべりながら、美味しく餃子をいただいたのでした。

午後には、日中戦後七十周年記念講演会。ここで愛蘭が、みなさんの前で約三十分戦争について語ったのです。


愛蘭が十五歳の頃。高等学校卒業するとすぐに「お国のために」と、福岡から中国の北方へ行った。それは忘れられない凄まじい毎日だった。大砲の弾が飛び交う下、命の保障はまったくありません。ついさっきまで一緒に戦っていた友が数分後に命を失う……同僚と仕事の交渉をしてたのに、離れてまもなく命を喪った……。そんな戦場での体験を、年輩になった今、「これから戦争を起こさない！　起こしたらいけない」と、機会があれば次世代に伝えたい。そして日中友好のために再び戦争をすることなく、平和な両国関係を目指していこう！　そう一人でも多くの人々に伝えたい……と話したのです。

愛蘭の講演は、みなさんから好評を得ました。

餃子パーティー終了後、あるテレビ番組の記者が、「これから愛蘭さんについて、住んでいる地区や身の回りの生活環境など取材したいからよろしくお願いします」と、愛蘭と彩華に名刺を一枚ずつ渡してくれました。

二〇一五年。一月に入ってテレビ番組の取材日程の連絡がありました。取材当日、彩華が愛蘭の家に行くと、記者が愛蘭の一日のスケジュールを聞いています。そして、愛蘭が戦争に行く前の写真、中国在住時の写真、最初に帰国したときの写真、二回目に全員が帰国したときの写真を数枚、番組の作成に使うために渡しました。

それから、愛蘭が七十歳から八十歳まで築上町にあるゲートボールドームを管理しながら、ゲートボールに参加していたことから、記者は愛蘭の家からゲートボールドームまで歩きながらインタビュー。また、ゲートボールに参加している姿も撮影していました。その姿は、戦後七十周年の特集のときに放送されたのです。

数カ月後に、再び番組の取材の電話がありました。愛蘭が中国に在住していた頃の生活について取材したいからと、テレビ局と一緒に中国へ行くことになったのです。

彩華の生まれ故郷は、愛蘭の第二の故郷でもあります。

愛蘭は八十八歳。彩華と二人、そこに番組スタッフが同伴して、福岡空港から出発となりました。飛行機に乗って、さっそく撮影開始です。愛蘭と彩華はあまりの嬉しさに興奮し、昔話も弾みます。

中国武漢空港に到着すると、彩華のいとこにあたる志高（しだか）と亦兵（いびん）がワゴン車二台で出迎えに来てくれました。久し振りに会った二人は、すっかりおじさんです。そこから六時間かけて、浠水県城に到着。その日はもう遅いからと、そのままホテルに泊まることとなりました。

翌朝、みんなで田舎虎山大隊へ出発。たくさんの緑に囲まれた山の中の道を進んでいきます。車窓からの風景や道沿いの民家は、昔とはくらべものにならないくらい変化していました。畑や田んぼまで行く道は、機械が通れる幅になっていました。民家も平家や二階建て、三階建て……みんな広々していて、国民の生活レベルが大幅に変わったのが一目瞭然でした。

虎山大隊に近づくと、懐かしいダムの上に大勢の人々が集まっていて、長い長い爆竹に火をつけて鳴らし始めました。ときどき大きい爆竹も鳴らします。薄い青い煙が空へ漂う。約二十五年ぶり帰ってきた故郷。帰省するだけでも胸がいっぱいだったのが、さらに感動、感激しました。

愛蘭も彩華も、車から降りて、それぞれみんなと抱き合い、嬉し涙を流します。中国語でしゃべらないといけないのですが、ときどき日本語も出てしまう。

爆竹の音が大きいので、お互いに大声で会話します。名前を思い出せる人、思い出せなかった人。

朝は化粧をしていた二人の顔は、あっという間にすっぴんとなってしまいました。

こうして大勢の人と話しながら、愛蘭と彩華は志高の家までたどり着いたのです。

## 三　故郷へ世文の墓参り

世文の弟、世豪（せこう）の家には、約百人が集合していました。

昼食は宴会で、たくさんの懐かしいごちそうを食べながら、満面の笑顔で交流しました。

昼食後は予定通り、李家先祖代々のお墓参りです。志高たちが事前に用意してくれた果物やお供の品物を、みんなで分担して持ちます。彩華は世文の遺影を持ち、山に向けて長い行列で向かい、お墓の前で迎え火と送り火を焚き、紙のお金を焼いて、食べ物やお酒などのお供えをします。

跪いて額（ぬか）づくとき、彩華は昔のことを思い出し、涙が流れて、止まらなくなりました。

両手を合わせて、

「李家の先祖代々、世文パパ！　今まで謝々上帝的保佑（シェシェシャンティダバァオイオウ）！　从現在起更加保佑（ツォンシィエンヅァイチガァンヂィアバァオイオウ）大家（ダァーヂィア）！（今まで見守ってくれて感謝しています！　これからもさらに私たちを見守ってください！）世界がこれから不戦争で、平和な中国と日本でありますように！　そして、日中友好の橋を作って、鉄のような頑丈な壊れない橋で、両国の人々が友好を一心同体に代々に伝えていくように見守ってください！」

と、誓願したのでした。

翌日、昔の炊飯の様子、畑仕事の仕方を志高と愛蘭に単独取材したいということで、彩華は一人、昔の山道でぶらりと散歩していました。

三十六年前、ここで天真爛漫な十八歳の学進、十六歳の彩華が、誰からも邪魔されることなく、先々のこともまったく考えず、山道で声を出して笑いながら、あれやこれやしゃべり続けていました。

二人は気づいたら、山頂に到着。目の前には一枚の絵のような風景が広がっています。

野原の草花、緑の段々畑、虎山大隊のダム、湖……気がついたら、二人が手をつないで、肩を寄せて一緒に遠くまで眺めて……。

学進が一本花を摘んで、

「彩華！　世文叔父さんから良い名前を付けてもらったね、まるで、この花のように可愛いよ。人からも愛されて、可愛がってくれるよ」

と、彩華に渡しました。彩華は、一本大きな太い枯木を見つけて、

「学進は背が高くて、度胸もあって、私が弱ってしまったとき、いじめられたときに、この木のように強く守ってね！」と手渡しました。

「当然だよ、誰よりも早く駆けつけて、身を挺して守るよ！」

「そうね！　これから、どこに行っても、一緒にいられたらいいね」

「もう少しで高校を卒業するけど、そうしたら楽器を使ってバンドをするか、音楽の専門学校に行きたいけど、どうなるかはわからないよ」

「学進は歌がうまいし、声もいいから、先々歌手になれるかもね」

「そうなったら、一番に知らせるよ」

「じゃ、誰よりも先に駆けつけて、一番前で歌を聴くよ」

「彩華は卒業後に、世文叔父さんのように設計士を目指すのだろう！　応援するよ」

「うん、絶対立派な設計士になって、世文パパに報告する」

「その頃になったら、二人ゴールイン……かもね」

……だけど学進！　今頃、どこにいるの？　私は懐かしい山道で貴方を待っている。たくましい学進！　雑草の向こうや大きな木の向こうにかくれんぼしないで、出ておいで！　今も昔のように、誰も邪魔なんかしないし、させないよ！

昔と同じ場所で遠くを眺めれば、山や湖の風景はほとんど以前と同じ。ただ学進が……。


「彩華姉ちゃん、彩華姉ちゃん……」

と、志高の声が耳に飛び込んできます。

気がついたら、志高がすでにそばに来て、静かに彩華を見ていました。

「あっ！　ごめん、取材もう終わった？」と慌てて言う彩華に、志高は話しかけます。

「今の彩華姉ちゃんの気持ちがわからんことないよ！　あの頃、学進兄と一緒にいると、周りのみんなから天生的（ティエンションダ）一対（イドウイ）（よく似合う）と言われていたよ。ぼくもはっきり覚えているよ」

「そうか！　志高も覚えているか！　あの頃に戻りたいな！……人生も、テープみたいに巻き戻すことができたらいいね！」

「彩華姉ちゃんの今の気持ちは十分にわかっているから、これから、中国にいる親戚や友達に力を借りて捜してみるよ」

　彩華はとても沈んだ気持ちでしたが、志高の言葉に、何か少し光が見えてきたような気持ちになりました。

　志高は、彩華が高校の同級生と会えるよう、前もって連絡してくれていたのです。少人数で同窓会が開かれ、みんなそれぞれに仕事や家庭のことを報告し合いました。

　周小恵が「そういえば、彩華は離婚していたんだね。高校の時の初恋の人、馬学進とは、どうなったの？」と水を向けます。

　冠海萍（こうかいひぃ）も「本当にロマンチックな二人だったなと思い出すね」と言うと、云仙（うんせん）は「いつも話には名前が出てたけど、実物を見たことはなかったよ」と返します。

「ずっと羨ましいと思ってた」と、陳小華（ちんしょうか）。載小林（だいしょうりん）は「そうよ、あの頃、高校卒業したあとに、バス会社の社長だったパパは『友達の李彩華をいつでも北京まで行く手配してあげるよ』と言ってたよ」

　それを聞いて、彩華は「みなさん！　ありがとう！　多謝！　多謝！　日本に行ってから、結婚後に手紙で知らせて以来、連絡が途切れて、ずっと音信不通なのです」と打ち明けました。

すると、小恵が「そうでしたか！　あの頃は、今みたいに携帯とか持ってなかったからね。今は便利になったから、じゃー、みんなで馬学進を捜してみましょうね！」と言ってくれたのです。

「彩華姉ちゃん！　学進兄のことを今から、みんなで情報収集してみるね、わかり次第に連絡するね！」と、志高も約束してくれました。

そして同窓会は最後に「年軽(ニィエンチィン)的(ダ)朋友(ポンヨウ)来(ライ)相会(シャンホウイ)（若い友達が会いに来て）」と、一九八〇年代の名曲を歌ってお開きとなったのでした。

## 四　奇跡の再会

二〇一五年七月下旬。テレビ番組取材のスタッフと一緒に帰国後、愛蘭は元の生活に戻って、ゲートボールに励んでいます。彩華は娘の彩子が臨月なので、嫁ぎ先の蔵本家に泊まりがけで手伝いに行っていました。

八月八日、彩子は無事に女の子を出産。

彩子の夫である健太は「この子はお腹にいるときから、彩華おばあちゃんと愛蘭ひいおばあちゃんの日中友好の話を聞いて育った。これから愛蘭ひいおばあちゃんのような丈夫な強い子に育つよう『蘭』と名付けましょう」と言ってくれたのです。

彩子も「そうね！　大きくなったら、日中友好に何か役に立つようなことを目指したらいいかもね！」と笑って言いました。

愛蘭は「良い名前を付けたね！　ありがとう！　これから頼もしいよ」、彩華も「そうだね！　私の夢は日中友好の橋を作りたいから、頼りになるだろうね！」と一緒になって喜びました。

蔵本家がある程度落ち着いてきた九月下旬、彩華は小倉の自宅へ戻りました。

自宅には、前の年に次男の健健と麻衣が結婚して一緒に住んでいます。実は麻衣も臨月で、十月十六日、無事に男の子秀一を出産しました。

こうして、賑やかな毎日を送っていた十月下旬のある日のことです。

中国にいるいとこの志高から国際電話がかかってきました。

「彩華姉ちゃん、非常に良いニュースがあるよ。学進兄の居場所を、みなさんが手分けして捜していたらわかったよ。今、北京市に居るけど詳しい話はよくわからないから、連絡してみてね！」

食事中の突然の知らせで、彩華は箸を持ったまま動けません。

「喂(ウエイ)！　喂！　志高(しだか)！　你説什么(ニシゥオシェンマ)？　もしもし、志高、あなた何を言うてた？」

「ペンと紙を準備して、電話番号を言うよ」

食卓には麻衣がいましたが、いきなりの中国語での会話にびっくりしています。でも、すぐに「お母さん、気にせんでいいから、ゆっくり話をしてください」と優しく言ってくれました。

彩華はついさっきまで落ち着いていたのですが、急に志高の話が聞き取れなくなっていました。そして、何回も何回も同じ質問を繰り返してしまいます。

「彩華姉ちゃん、落ち着いて聞いてよ……」

彩華がボーッとしながら、志高の言っている電話番号をしっかりとメモしました。

その日の夜、彩華は結局、夕食を食べられませんでした。お風呂に入る時間も、いつもより長かったため、麻衣が心配して浴室まで見に来たほどです。彩華はハッとして、急いでお風呂を終わらせました。

「麻衣ちゃん、話せば長くなるんだけど、いつか話をしないといけないことだからね」と、麻衣に事情を打ち明けたのです。

「日本に来る前に、中国に初恋の人がおってね。その人が十八歳、私が十六歳のとき、彼は北京に行ってしまい、その後、会わないまま私は日本に来た。携帯とかなかった時代で、唯一の文通も途切れて以来、思うだけやった。

それが今年のテレビ番組取材のときに、中国のみなさんが捜してくれると約束してくれたのだけど、中国は広くて、人口も半端ないから、あまり期待してなかったよ。けど、先の電話で、その方の居場所がわかったから、とてもびっくりしてね、これからどうなるかわからないけれど、連絡してみるよ」

それを聞いた麻衣は、「それは大変でしたね！　何かお手伝いすることがあれば、いつでも言ってくださいね」と言ってくれます。

彩華は、「ありがとう！」しか言えませんでした。


翌日、いつもより早めに仕事から帰り、夜もいつもより早く家事を終わらせました。そして、彩華は寝室で一人になって、志高から言われた番号に電話をかけます。ドキドキしながらかけたのですが……つながりません。落ち着いて、何回も何回もかけ直しましたが、やはりだめでした。

「これ、もしかして何かの夢かね？　三十六年も会ってなかったよ。あの頃の、十八歳のときの愛しい学進の声を聞けるのかね？……なんでつながらんかね？　もしかして、結婚して家庭円満で、知らない電話番号に出られないのかもね！」

わけもわからず、胸がつかえたままの状態で、彩華は数日を過ごしました。

彩華は毎晩、思いました。こんな夜の、この複雑な心境を誰がわかってくれるんだろう。

昔の学進は背が高くて、誰から見てもたくましかった。だけど、三十六年経った今の学進はどん感じかな?

結婚してすぐ学進に送った最後の手紙の内容すら、まったく覚えてないよ。この何十年、どんな生活を送っていたのかな?


学進の事情が明らかになるまで、彩華は待つしかありません。

でも、これまでどんな辛い夜でも、必ず明るい朝が来た。学進のこともきっと、いつかわかるはず。


ある日、彩華は思いつきました。

今までずっと夜にしか電話をかけてなかったね。今度は、昼間にかけてみようかな、と。

静かな部屋で思い切って教えてもらった番号にかけたところ、……つながったのです。

「やった!　奇跡だ」と思い、彩華は、

「喂（ウェイ）、喂、我是彩華（ウォシツァイホウァ）、你是学進吗（ニシシュエジンマー）?（もしもし、私、彩華、貴方は学進ですか?）」

と、話しかけたのですが、いきなり電話が切れてしまいます。

彩華がもう一度かけてみました。

「喂、喂、我是彩華、你是学進吗?」

「喂、喂、真的是彩 華吗?(チェンダシツァイホウアマー) 我是学進……(ウォシシュエジン)(もしもし、本当に彩華ですか? 私は学進……)」

携帯の電波が悪いのか、相手の声がまったく聞こえず、途中で切れてしまいます。

謎のままで、その日は終わりました。

数日たった後、彩華は食欲不振、体調不良で発熱してしまい、病院に行ったところ帯状疱疹と診断され、完治するまで毎日通院し、点滴を受けました。

症状も落ち着いた約二週間後の夜、突然、国際電話がかかってきたのです。

相手は学進でした。

「喂、喂、真的是彩華吗? 我是学進」

その温厚な人柄がにじみ出た声を耳にしたとたん、彩華は「あー! 懐かしい」と思いました。

「はい! 我是彩 華!(ウォシツァイホウア)」

「哎呀!(アイヤアー)(わー、びっくりした!) 最初の一本の電話は途中で切れて、仕事中だったから、びっくりして早退したよ。すぐに同じ番号をかけてもつながらなかったよ、彩華からの着信番号が毎回違うから、戸惑っていたよ」

彩華は国際電話をかけたことはなかったけれど、帰国途中で、番組取材の方から親切にかけ方を教えてもらったので、間違いはないと確信していました。

「そうやけど、なんで違ってたかね？」

「彩華！　もう大丈夫だよ。国際電話の手続きをしたから、安心していつでも電話に出るようにしとくから。日本からかけて料金が高いから、毎日、毎回ぼくからかけるよ、彩華に毎日、指定時間にかけたらいいでしょう！」

彩華は、さすが学進だと感心しながら、「はい！　わかった！」とさらりと返事をしました。学進は話し続けます。

「あの日、彩華の声を聞いてから、仕事中、落ち着かなかったよ、周りのスタッフは、落ち着かないことを不思議に感じていたようだった。社長に彩華とのことを話したら『ドラマのような話だね。仕事のことなら代わりにするスタッフがいるけど、恋のことで代わりはできないから、頑張ってね！』と言われたよ。

この数週間、体調を崩してね。高熱が続き、ずっと病院で点滴してもらって、今やっと治ったよ」と言うではありませんか。

学進は彩華の最後の手紙を受け取ってからのことを話してくれました。

「彩華から最後の手紙が届いて、そりゃ最初はショックだったよ。何にもする気にもなれなかった。しばらくぶらぶらして、それから彩華とのことを諦めて、以前の会社の同僚と結婚したんだ。

娘が一人生まれたけれど、家庭生活はあまりうまくいかなくてね。ただ、嫁が離婚をさせてくれないから、十五年前に家庭裁判で離婚が成立したよ。そのあとは、ずっと男おやで、仕事しながら娘を育てた。今は娘も大人になって、結婚もしている。

今の会社で数回良い女性を紹介してくれたけど、何かまったく興味なかった。

あのね、十六歳の彩華の写真と、ぼくの十八歳のときの写真を、ずっと財布に入れていたんだ。元気がないときや落ち込んだときは、それをこっそりと見つめて、写真の彩華に話しかけて、エネルギーをもらっていたよ」

彩華は、ただ受話器を持ってうなずくばかりでした。

「彩華のことを忘れた日はなかった。遠い日本で、彩華がどんな生活をしているかな? 彩華が家庭円満であれば、人生の一度だけでいいから、一日会って安心して、これからずっと一人で生きていこうと決心してたよ。

だけど、彩華の話を聞いていたら、生きる力が湧いてきたよ。まさか、彩華と同じ時期に離婚してたなんてね。まるで、神様が見守ってくださったようだ! そして、世文叔父、馬家の先祖が守ってくれたからこそ、連絡をとれるようになったんだ。感謝します！　このチャンスを逃さず、きちんと段取りして、一緒になろう」

「そうだね！　私は三人の子供がいるよ。長女の彩子は健太と結婚して、子供がたくさんいる。長男直樹と友希が二〇一二年に結婚し、遼という男の子がいる。次男の健健は麻衣と結婚して、十月に秀一という男の子出産したばっかり。子供たちはそれぞれ家庭があるから、今から、自分の第二の人生を歩いていこうと思っていたよ」


こうして学進と奇跡的に連絡がとれた彩華は、学進から力をもらったような気分でした。

毎日、指定した時間には必ず北京から学進の国際ラブコールが入ります。だいたい一時間から二時間、話すのですが、電話が終わったあとはいつも、持っていたタオルが涙でびっしょり濡れていました。

学進と電話でやりとりしていたのは二〇一五年十月から十二月まで。

そして十二月中旬、学進が日本を訪れるためのビザが取れたという連絡がありました。

一方、彩華が学進とのことを子供たちに相談したところ、みんな、彩華が第二の人生を進むチャンスと、前向きに応援してくれると言ってくれました。

次に職場に話したところ、最初はみんな信じてくれません。

「ドラマのような話だ」「三十六年も会ってなかったのに、お互いに年をとって性格も変わったかも」「都合のいい話に騙されたらダメよ」と、批判的だったのです。

最後に、実家の愛蘭、軍治兄、彩麗姉、恵美妹に相談しました。

愛蘭は、

「そうね、十代の好青年学進しか知らなかったからね。何とも判断できないけど、会ってはみたいね！」

と言ってくれ、兄や姉妹もほぼ同じ意見でした。


二〇一六年一月十六日。

彩華は、彩子と彩子の娘、蘭ちゃんと一緒に、福岡空港に学進を迎えに行きました。学進を乗せた中国北京からの飛行機は、十六時着。今まで学進と電話するときにドキドキと興奮していましたが、いよいよという今、彩華はボーッとしています。

すると、彩子が、「あの人がこっちに手を振ってたよ」と、手を振り返しました。彩華もやっと、学進らしい姿を見つけました。キャリーバッグを押しながら手を振っています。楽器のようなものを右肩に背負っています。

しばらくお互いに見つめて……握手して。学進は、「もう絶対に離さないよ！　死ぬまで離さないよ！」と言って、彩華をきつく抱きしめます。共に涙が流れて、流れて……学進が彩華の顔をじっーと見て言います。

「三十六年間、あ～!!　長かったよ！　彩華と会えるように必死に待ってたよ。皆様のおかげで奇跡の再会ができて良かった！　皆様に感謝します！」

「三十六年かけて、奇跡の再会ができたこと、何よりも最高な出来事だね！」

「これから、空白の三十六年間の時間を取り戻そう！　大切にして、彩華を誠心誠意愛していこう！　幸せにします！」

「国も違って、習慣も違うけど、ゼロからスタート。この三十六年ぶりの奇跡の再会を感謝して、第二の人生に出発しよう！」

こうして、学進と彩華は改めて向き合いました。

「請多関照（チンドゥオグゥアンジャオ）！　よろしくお願いします!!」

こうして、二人は失った三十六年の時間を取り戻すかのようにお互いを大切にする、幸せな晩婚生活を始めたのでした。

## あとがき

私は日中戦争によって生まれた中国帰国者残留婦人の二世として、今まで中国と日本で生活してきました。この二つの生活環境の中で、純日本人とも純中国人とも違うと感じていました。帰国後、日本社会での言葉の壁や学歴の差別に苦しんできました。だからこそ、世の中、何かの役に立つ本をつくって、この本を読まれて一人でも多くの人が元気になる力になれたらいいなと思っています。

今、戦争がない平和な日常生活の中で、人々が毎日精一杯、家族のために、あるいは自分のために、もしくは誰かのために一生懸命に働いています。時には楽しく時には苦しく、そんな日々を繰り返しますが、希望があるからこそ生き延びることができるのでしょう。

人生を歩いていく途中、挫折しそうになった時に、

「どんな夜でも、きっと明るい朝が来る！　素晴らしい朝が待っている」

と、そんな気力があればどんな困難でも乗り越えられます。困難に出会い、それを乗り越えるたびに強い心を持てるようになれます。

ようするに世上無難事、只要肯登攀！（世の中に難しいことはない。ただ登ろうとさえすればよい！）

これからも戦争のない、平和な生活が永遠に続きますように‼　そして、中国大陸とのつなぎ橋となって、日中友好のために活躍して、一人でも多くの人々に役立てますように‼　これを結びの言葉といたします。

**著者プロフィール**
**高橋 彩華**（たかはし さいか）

1963年生まれ。
中国湖北省浠水県出身。
福岡県在住。
1981年7月、中国残留邦人の2世として来日。
1985年3月、看護学校卒業（準看護師資格取得）。
一般社団法人日本フットケア学会フットケア指導士資格取得（2014年）、
透析技術認定士資格取得（2015年）。

**どんな夜でも きっと朝が来る**

2019年10月15日　初版第1刷発行

著　者　高橋 彩華
発行者　瓜谷 綱延
発行所　株式会社文芸社
〒160-0022 東京都新宿区新宿1-10-1
電話 03-5369-3060（代表）
03-5369-2299（販売）

印刷所　株式会社平河工業社


ISBN978-4-286-20835-0